La revanche du cœur

Barbara Cartland est une romancière anglaise dont la réputation n'est plus à faire.

Plus de trois cents romans variés et passionnants mêlent aventures et amour.

Les Éditions J'ai Lu *en ont déjà publié plus d'une centaine que vous retrouverez dans le catalogue gratuit disponible chez tous les libraires.*

Isabelle Aubert

Barbara Cartland

La revanche du cœur

traduit de l'anglais par Jean-André et Claudine REY

Éditions J'ai lu

Ce roman a paru sous le titre original :

REVENGE OF THE HEART

NOTE DE L'AUTEUR

Le règne du tsar Alexandre III de Russie débuta par une persécution des juifs qui n'eut d'égale que celle qui sévit en Allemagne cinquante ans plus tard lorsque Adolf Hitler s'empara du pouvoir. Il ordonna l'exécution d'un tiers des juifs résidant en Russie, un autre tiers devant émigrer et les autres être assimilés. Ce programme abominable eut pour conséquence que des milliers de juifs furent assassinés et leurs biens confisqués, tandis que de malheureuses familles au nombre de 225 000 quittèrent la Russie pour l'Europe de l'Ouest.

En 1892, le grand-duc Serge, frère de l'empereur et de tempérament sadique, traqua à Moscou des milliers d'artisans et de petits commerçants israélites. Leurs demeures furent, en pleine nuit, cernées par des cosaques, pendant que la police saccageait les intérieurs et tirait de leurs lits les malheureux habitants avant de les chasser sur les routes de l'exode.

Durant l'été de 1894, les médecins annoncèrent qu'Alexandre III souffrait d'hydropisie, conséquence d'une lésion du rein provoquée par un accident de chemin de fer. Incurable et sérieusement diminué, il traîna néanmoins jusqu'au 11 novembre.

Son fils Nicolas II – dont le prince de Galles déclarait qu'il était « aussi inconsistant que l'eau » – régna jusqu'en 1917. L'année suivante, lui et sa famille furent assassinés par les bolcheviks.

1

1894

Warren Wood pénétra dans le hall de l'hôtel Meurice et se dirigea vers la réception. Bien qu'il eût été absent d'Europe pendant près d'une année, le gérant le reconnut aussitôt.

– Je suis ravi de vous accueillir de nouveau, monsieur Wood, dit-il en excellent anglais. J'espère que vous avez bien profité de vos vacances à l'étranger.

Le mot « vacances » n'était pas exactement celui qu'aurait choisi Warren pour désigner son voyage à travers l'Afrique du Nord, au cours duquel il avait certes connu des moments agréables, mais aussi de sérieuses épreuves, sans parler de circonstances où sa vie s'était trouvée en danger. Néanmoins, il était trop heureux d'être de retour à Paris pour aborder une discussion sur le sujet. Il se contenta de demander s'il pouvait avoir une chambre – de préférence celle qu'il occupait d'ordinaire – et si on voulait bien faire monter les bagages qu'il avait laissés à l'hôtel avant son départ pour l'Afrique. On lui promit d'accéder à ses désirs avec cette courtoisie qui est la caractéristique des Français.

– Nous avons de la correspondance pour vous, monsieur, reprit le gérant. Voulez-vous que je vous la remette dès maintenant ou préférez-vous que je vous la fasse monter plus tard ?

– Je vais la prendre tout de suite si vous l'avez sous la main.

Le gérant disparut pour reparaître aussitôt, porteur d'une grosse liasse de lettres entourée d'une bande de papier et de ficelle.

La chambre était située au quatrième, et l'on avait, des fenêtres, une vue enchanteresse sur la capitale. Il n'existait rien au monde d'aussi attrayant et d'aussi merveilleux que Paris sous le soleil, se dit Warren. Dominant les maisons aux volets gris, se dressait la tour Eiffel, haute de trois cents mètres, édifiée pour l'Exposition universelle de 1889. Un Français rencontré à l'époque lui avait déclaré non sans fierté que cette structure métallique était le symbole de la créativité, de la puissance et du prestige de la France. Mais Warren ne s'intéressait maintenant à rien d'autre qu'à ses propres sentiments. De frustration et de désespoir.

Comme si cette tour qui se détachait sur le ciel lui rappelait des événements qu'il avait résolu d'oublier, il se détourna de la fenêtre et alla s'asseoir dans un fauteuil pour examiner les lettres arrivées en son absence. Il fut surpris de leur nombre, et se demanda qui, en dehors de sa mère, avait bien pu se soucier de lui écrire après son départ d'Angleterre. Ayant défait la ficelle et déchiré la bande de papier qui les maintenait, ses yeux se posèrent sur la première, et il se figea de surprise en reconnaissant l'écriture ornée qui s'étalait sur l'enveloppe d'où montait à ses narines un subtil parfum de magnolia.

Il la fixait, en proie à une véritable fascination. Mais, saisi d'une sorte de crainte révérentielle, il hésitait à l'ouvrir. Quelle raison avait bien pu pousser Magnolia à lui écrire ici, à Paris ? Elle avait dû obtenir son adresse de sa mère, Mrs Wood, qui était la seule à savoir qu'il comptait s'arrêter en France avant de regagner son pays. Pourtant, s'il existait une personne au monde dont il n'eût pas souhaité recevoir de nouvelles en ce moment, c'était bien Magnolia. Les sourcils froncés, les lèvres pincées, il ouvrit soigneusement l'enveloppe.

Warren Wood était un jeune homme au physique séduisant, bien que son apparence se fût sensiblement modifiée au cours de la dernière année, le mondain ayant acquis plus de virilité, tout en devenant plus dur et plus froid. Il lui aurait été impossible de vivre les expériences qu'il avait connues avec Edward Duncan sans apprendre que la vie n'était pas uniquement une ronde de divertissements, une farandole de plaisirs, comme la sienne l'avait été dans le passé. Parfois, au cours de son périple à travers l'Afrique, il s'était pris à penser qu'il lui serait désormais impossible de supporter une telle existence de désœuvrement. Il devait admettre qu'il avait été vaincu par les éléments, la nourriture écœurante, et surtout les chameaux, qu'il en était venu à détester véritablement. C'étaient des bêtes paresseuses, fatigantes, désagréables, difficiles à manœuvrer, qui sentaient affreusement mauvais et qui, au début, lui donnaient presque la nausée. Après quelques mois de patience et d'endurance, il était certes parvenu à s'en accommoder. Toutefois, s'il aimait les chevaux et ne pouvait imaginer de vivre sans chiens, le chameau, en revanche, restait sa bête noire. Il se disait même que ces animaux lui rappelaient certains de ses amis et connaissances.

– Il est évident, avait-il déclaré une fois à Edward, que j'éviterai ces gens à l'avenir.

Sur quoi son compagnon était parti d'un rire vaguement teinté d'ironie. Et lorsqu'ils s'étaient séparés la veille au matin, à Marseille, il lui avait déclaré :

– Au revoir, Warren ! Je ne te dirai jamais à quel point j'ai apprécié ta compagnie et quel plaisir j'ai éprouvé à t'avoir auprès de moi.

Ces paroles avaient un tel accent de sincérité que Warren s'était senti presque gêné en songeant à tous les instants où il s'en était voulu d'avoir accepté l'invitation d'Edward. Pourtant, lorsqu'il tournait ses regards vers ces quelques mois passés loin de sa terre natale, il devait admettre qu'ils avaient enrichi son caractère et élargi ses horizons plus qu'il ne l'aurait cru possible au départ.

Et maintenant, la première chose qu'il trouvait à son retour, c'était une lettre de Magnolia. Une jeune personne qu'il avait tenté d'oublier en partant pour l'Afrique.

Les souvenirs affluaient. Son club de St. James. Edward qui venait s'asseoir en face de lui.

– Bonjour, Warren ! Il y a un bout de temps qu'on ne s'est vus. Il est vrai que j'étais à la campagne.

– Bonjour.

Surpris par l'intonation de son ami, Edward scruta attentivement son visage.

– Que se passe-t-il ? Je ne t'ai jamais vu aussi déprimé depuis le jour où tu as été battu au saut en longueur à Eton.

Sans répondre, Warren abaissa les yeux vers son verre de cognac, tandis qu'Edward insistait sur un ton différent :

– Qu'est-ce qui te bouleverse à ce point ? Puis-je faire quelque chose ?

– Je ne crois pas. À moins que tu ne sois capable de m'indiquer la meilleure façon de me faire sauter la cervelle.

– Tu parles sérieusement ?

– Certes. Pourtant, si j'en venais à cette extrémité, ma mère serait désespérée. Or, c'est la seule personne en qui je puisse avoir confiance en ce monde infect et pervers où chacun passe son temps à tromper et à mentir !

Il s'était exprimé avec une telle violence que son compagnon promena ses regards à la ronde pour s'assurer que personne n'avait surpris ces propos. Par bonheur, il n'y avait, à l'autre extrémité de la salle, que deux membres d'un certain âge, qui somnolaient dans les profondeurs des fauteuils de cuir, inconscients de ce qui se passait autour d'eux.

– Ça ne te ressemble pas de parler de la sorte, fit remarquer Edward. Que s'est-il donc produit ?

Warren laissa échapper un petit rire chargé d'amertume. Son compagnon, qui le connaissait depuis leurs années de lycée et de faculté, comprit qu'il avait un peu trop bu – ce qui était chez lui très inhabituel – et qu'il avait envie de parler.

– Explique-moi ce qui ne va pas, dit-il d'un ton encourageant.

Warren ne se fit pas davantage prier, visiblement satisfait d'avoir quelqu'un à qui se confier.

– Ce n'est pas une histoire très originale. Je viens seulement d'apprendre que, pour une femme, ce qui compte chez un homme, ce n'est pas sa personnalité propre, mais sa fortune.

– J'espère que ce n'est pas à Magnolia que tu fais allusion ?

– À qui veux-tu que ce soit ? Lorsque je l'ai invitée à Buckwood, il ne m'est pas venu à l'esprit de douter de ses sentiments et j'ai cru qu'elle m'aimait autant que je l'aimais.

Il s'interrompit un instant, et ses doigts se crispèrent sur son verre.

– Parce que, moi, je l'aimais, Edward, reprit-il d'un air farouche. Je l'aimais de tout mon cœur, de toutes mes forces. Elle représentait exactement ce que je désirais trouver chez une femme, chez une épouse.

– Je sais cela, répondit calmement Edward. Mais qu'est-il donc arrivé ?

De nouveau, Warren laissa échapper un petit rire amer et discordant.

– Tu le demandes ! Elle a fait la connaissance de Raymond, tout simplement.

Edward le dévisagea avec des yeux remplis d'étonnement.

– Tu veux parler de ton cousin ? Mais, grand Dieu, il vient seulement d'atteindre sa majorité.

– Quelle importance, dès l'instant qu'il est titré ? répliqua Warren sur un ton sarcastique. Mon cher Edward, il faut te rendre compte – et j'ai été assez stupide pour ne pas m'en apercevoir – que ce dont une femme a besoin pour être heureuse, c'est un titre et beaucoup d'argent. Le physique de l'homme et sa personnalité n'ont absolument aucune importance à ses yeux.

Edward s'apprêtait à faire une réflexion, mais il ne lui en laissa pas le temps.

– Il peut avoir les jambes torses, des verrues sur le nez, être affecté de strabisme; s'il a des chances de devenir marquis, l'idée d'être sa femme l'emporte sur tout autre sentiment dans ce qu'elle appelle, à grand tort, d'ailleurs, son... cœur.

Il suffoqua presque en prononçant ce dernier mot, puis avala d'un trait le cognac qui restait dans son verre avant de lever la main pour attirer l'attention du serveur. Fort heureusement, il n'y avait plus personne dans la salle à ce moment-là.

– Avant que tu ne sois trop ivre, reprit Edward, raconte-moi toute l'histoire, je t'en prie. Ce n'est pas par simple curiosité que je te le demande, mais au nom de notre vieille amitié.

– Merci, mon vieux. Je sais que je peux compter sur toi pour ne pas me trahir; mais je jure aussi devant Dieu de ne plus jamais faire confiance à une femme. Jamais, tu m'entends !

– Mais enfin, protesta Edward, Magnolia n'a certainement pas l'intention d'épouser Raymond !

– Bien sûr que si ! Et lorsque je me reporte en arrière, je me rends compte qu'elle a entrepris sa conquête à l'instant où nous sommes arrivés à Buckwood. Il était évident qu'il n'avait pas la moindre chance de lui échapper dès la seconde où elle a posé sur lui ses grands yeux langoureux.

Edward songeait que telle était probablement la vérité. Magnolia était non seulement très belle, mais elle possédait en outre l'art de fasciner les hommes. Elle était capable d'exercer sur celui de son choix une influence quasi hypnotique. Il en savait beaucoup sur elle avant même qu'elle ne rencontrât Warren Wood, et la première fois qu'il les avait vus ensemble, il avait pensé que son ami commettait une erreur. Originaire d'une excellente famille terrienne du comté, Magnolia était venue à Londres bien décidée à se trouver un mari riche et influent.

La chose aurait dû être facile, étant donné qu'elle était d'une grande beauté et que son père, le colonel Keane, maître d'équipage bien connu et fort populaire, possédait de nombreux amis dans les milieux de la chasse. Hélas, il n'était pas riche; et même s'il avait pu, en économisant et en lésinant sur tout, prendre à Londres une maison pour la saison, elle n'était pas située dans un quartier des plus élégants, et il n'était pas question de donner un bal en l'honneur de sa fille. Cet état de fait avait pour résultat que les invitations n'étaient pas aussi nombreuses qu'elles l'auraient été s'il avait eu la possibilité de les rendre. De sorte que le colonel Keane, Mrs Keane et leur fille n'avaient pris part à aucun des bals donnés par les personnalités en vue de la société londonienne. Magnolia n'avait donc pu rencontrer autant de partis qu'elle l'avait espéré. À vrai dire, elle n'avait pas reçu la moindre demande en mariage au cours de la première saison. Beaucoup d'hommes l'avaient admirée; malheureusement, la plupart d'entre eux étaient déjà mariés. En conséquence, les vieilles douairières ne s'étaient pas privées d'accumuler les médisances sur son compte, et son nom avait été rayé d'un bon nombre des listes soigneusement tenues à jour par les maîtresses de maison.

L'année suivante, après avoir brillé à la manière d'une étoile de première grandeur dans un certain nombre de bals de sociétés de chasse, puis assisté à des réunions hippiques, où elle était inévitablement entourée d'admirateurs – jeunes et vieux – , elle regagna Londres. Cette fois, elle était bien résolue à terminer la saison avec une bague de fiançailles à son doigt.

Il n'y eut pas de bague de fiançailles, mais elle fit la connaissance d'un baronnet, de dix-huit ans son aîné, qui devint son fidèle chevalier servant et qui, en privé, la poursuivait avec autant d'acharnement qu'un chien courant poursuit un renard. Elle le manœuvra avec une habileté consommée, jouant avec lui comme un pêcheur avec un poisson pris à l'hameçon; mais au dernier moment, alors qu'elle songeait à faire son trousseau, il se déroba en lui expliquant qu'il avait fait des investissements désastreux et que, s'il voulait conserver sa maison et son domaine, il était dans l'obligation – pour parler sans ambages – de contracter un mariage d'argent. Elle s'efforça de faire bonne contenance en présence de cette affreuse déconvenue et d'une humiliation qu'elle était bien décidée à ne pas avouer. Aussi, dès qu'elle eut compris qu'elle avait définitivement perdu son baronnet, déclara-t-elle de la façon la plus convaincante à tous ses amis qu'il lui avait paru impossible d'épouser un homme tellement plus âgé qu'elle et encroûté dans ses habitudes de célibataire.

– Même si c'est stupide de ma part, avait-elle précisé, je veux un homme que je puisse aimer, mais aussi avec qui je puisse rire et profiter de la vie. Or, ce pauvre James ne remplissait pas ces conditions.

Si quelques personnes devinèrent la vérité, la plupart se dirent que la beauté de Magnolia lui donnait toutes les chances de trouver un parti à sa convenance. Néanmoins, elle avait conscience que le temps s'enfuyait rapidement et que si elle ne se méfiait pas, elle finirait par coiffer sainte Catherine. En effet, la plupart des hommes qui souhaitaient trouver une épouse idéale recherchaient une jeune fille pure et innocente. S'ils désiraient autre chose, il y avait toujours les beautés sophistiquées que l'on rencontrait à Marlborough House, dont on parlait dans les journaux et qui étaient acclamées partout où elles allaient.

À vingt et un an, Magnolia était donc un peu découragée lorsqu'elle fit la connaissance de Warren Wood, qui avait à ses yeux toutes les qualités qu'une femme peut admirer chez un homme. Il était élégant, appartenait au meilleur monde et avait ses entrées dans les cercles les plus fermés de la société londonienne. Son père, lord John Wood, était le frère cadet du marquis de Buckwood, et elle n'ignorait pas qu'aucune famille du royaume n'était plus respectée et admirée. La demeure dont le premier marquis avait tiré son nom s'élevait sur un domaine qui avait été donné à sir Walter Wood par la reine Élisabeth après qu'il eut coulé trois galions espagnols. Il avait rapporté à la souveraine non seulement le butin de sa victoire, mais aussi des perles de la plus belle eau confisquées à ses prisonniers.

Dès sa première rencontre avec Warren, Magnolia se dit qu'elle avait trouvé l'âme sœur. Autant qu'elle pût le savoir, il ne possédait pas une grosse fortune, mais elle savait que si elle devenait sa femme, toutes les portes de la haute société s'ouvriraient devant elle.

À vingt-huit ans, Warren s'était déjà donné du bon temps et avait eu un certain nombre de liaisons, dues en partie à son charme et à son élégance. Mais Magnolia l'avait littéralement ébloui. Il y avait quelque chose d'irrésistible dans ses grands yeux sombres et brillants, dans sa peau d'une blancheur veloutée qui possédait réellement le grain de la fleur de magnolia. C'est seulement un peu plus tard qu'il apprit qu'elle n'avait pas été baptisée « Magnolia ». Elle avait reçu le prénom de « Mary », mais avait cru bon de le changer pour celui plus séduisant à ses yeux de « Magnolia » lorsqu'elle avait atteint l'âge où une fille commence à avoir conscience de ses charmes.

Elle était d'ailleurs fort belle et attrayante et possédait, quand elle daignait s'en servir, une fascination à laquelle peu de personnes – surtout les hommes – pouvaient rester insensibles. Malheureusement pour elle, sa mère était décédée depuis deux mois seulement lorsque Warren lui proposa le mariage. Et l'opinion publique aurait jugé inconvenant qu'elle pût songer à se fiancer officiellement avant qu'un délai de quatre mois minimum se fût écoulé depuis la mort de sa mère. Ensuite, il lui faudrait patienter trois autres mois avant de pouvoir songer au mariage, qu'elle n'avait évidemment pas l'intention d'aborder du mauvais pied sur le plan social. Elle accepta donc avec empressement la demande de Warren, tout en lui précisant que, jusqu'à nouvel ordre, ce devait être là un précieux secret qu'ils partageraient.

– Je comprends parfaitement, répondit le jeune homme, et je ferai naturellement tout ce que vous voudrez, mais je n'attendrai pas un jour de plus qu'il ne sera nécessaire pour faire de vous ma femme.

– Je vous aime ! affirma Magnolia. Je vous aime, et croyez bien que si ce délai vous est pénible, il l'est également pour moi.

Elle fit preuve d'une modestie de bon aloi tandis qu'il l'embrassait avec passion, et il songea qu'il n'existait pas au monde créature plus adorable. Elle s'arracha à ses bras tout en lui étreignant la main.

– Il nous faut être très prudents, afin d'éviter les bavardages, recommanda-t-elle. Néanmoins, mon merveilleux Warren, j'aimerais beaucoup faire la connaissance de votre famille.

– Je conçois que vous désiriez voir Buckwood, répondit Warren avec un sourire. C'est la plus belle demeure du monde et, rien qu'à cause de vous, je souhaiterais qu'elle m'appartienne.

Il fit entendre un petit rire avant d'ajouter :

– Elle vous conviendrait merveilleusement, et je ne saurais vous faire un compliment plus flatteur !

Son oncle, lui expliqua-t-il, faisait preuve envers lui d'une extrême bonté. Il avait la permission de séjourner à Buckwood comme s'il eût été chez lui, il pouvait monter les chevaux de l'écurie, chasser dans les bois, et sa mère habitait un ravissant vieux manoir situé sur le domaine.

– Nous constituons une famille très unie, ajouta-t-il, et je suis sûr que l'oncle Arthur vous aimera comme il aimait mon père.

Lord John était mort quinze mois plus tôt, et il manquait à Warren à tel point qu'il avait instinctivement reporté toute son affection sur son oncle. Celui-ci, il en était certain, serait tout comme lui subjugué par la beauté et le charme de Magnolia. En outre, Warren souhaitait avoir son approbation; aussi amena-t-il sa fiancée à Buckwood dès que l'occasion se présenta. Naturellement, la jeune fille et lui résidèrent au manoir avec sa mère. Warren trouva que celle-ci se montrait à l'égard de Magnolia un peu plus froide qu'il ne l'eût désiré. Mais il se dit que, tout en désirant voir son fils marié, elle devait se demander avec une angoisse bien compréhensible s'il y avait une femme au monde capable de le rendre aussi heureux qu'elle souhaitait qu'il le fût.

Le marquis, en revanche, trouva Magnolia

aussi adorable que Warren l'espérait. Toutefois, la jeune fille ayant insisté pour que leurs fiançailles fussent tenues secrètes, Warren laissa simplement entendre à son oncle qu'il envisageait de demander la main de la jeune fille et qu'il aimerait auparavant avoir son avis.

– Une fort jolie fille, mon garçon ! déclara nettement le marquis. Oui, très jolie, en vérité. J'espère seulement que l'idée de vivre à la campagne ne lui déplaît pas; dans le cas contraire, ce n'est pas elle qu'il te faut.

– Elle a été élevée à la campagne, et son père, le colonel Keane, est maître d'équipage.

– Tu me l'as déjà dit, répliqua le marquis. Et je crois bien l'avoir déjà rencontré. Un brave garçon, si je ne me trompe. Sa fille devrait être capable de chasser à courre, je suppose ?

– Très certainement ! déclara Warren avec enthousiasme.

Pourtant, lorsqu'il vit Magnolia en selle, il ne fut pas aussi ébloui qu'il l'avait espéré. Il la sentait nerveuse et, bien que cette pensée ne l'eût pas effleuré jusque-là, il comprit qu'elle craignait de tomber et d'abîmer son ravissant visage. Mais, après tout, ce n'était là qu'un défaut mineur chez une femme qui, par ailleurs, lui paraissait pourvue de toutes les qualités.

Comme à l'accoutumée, il y avait à Buckwood un certain nombre d'invités qui étaient des amis du marquis. Tout de suite après l'arrivée de Magnolia et de Warren, Raymond fit son apparition avec trois des siens. Ils venaient d'Oxford, ivres de joie, bruyants et pleins d'ardeur, prêts à s'amuser de toutes les façons, se laissant glisser sur la rampe de l'escalier en colimaçon, se jouant des tours mutuellement et, bien sûr, en jouant aussi à Magnolia, laquelle leur rendait la pareille, ce qui ne faisait qu'accroître l'admiration de Warren à son égard. Il trouvait excellent que, au lieu de se comporter avec la réserve et la dignité dont elle faisait preuve à Londres pour rivaliser avec des femmes beaucoup plus âgées qu'elle, la jeune fille pût se mêler de bon cœur aux rires et à la gaieté de ces jeunes gens qui la taquinaient comme si elle avait été un petit chaton.

Le temps était au froid et, le lendemain, le lac étant couvert d'une couche de glace qui portait, on sortit des patins pour tout le monde. Warren ne fut aucunement surpris de constater que Magnolia était une excellente patineuse. Elle était absolument ravissante, avec sa silhouette fine et élancée, ses cheveux noirs et son visage aux grands yeux sombres encadré d'une toque de fourrure en renard blanc. Les jeunes gens se disputaient l'honneur de lui servir de cavalier, et elle en avait souvent un de chaque côté pour glisser avec grâce et à une vitesse folle sur la glace étincelante. Warren les observait avec bienveillance. Il aimait patiner, lui aussi, mais il n'éprouvait aucun désir de se livrer à des prouesses acrobatiques; de sorte que, dans l'après-midi, il les laissa à eux-mêmes pour aller faire une promenade à cheval avec son oncle.

Le marquis avait pris, avec l'âge, un sérieux embonpoint, ce qui lui faisait apprécier le calme et la tranquillité. Tout en chevauchant à travers l'immense parc, il parlait du domaine et expliquait à son neveu les dispositions qu'il avait prises pour que les choses fussent parfaitement en ordre le jour où Raymond en hériterait.

– Je souhaiterais le voir s'intéresser davantage à ce que je fais, ajouta-t-il. Quand l'occasion se présentera, Warren, essaie de lui faire comprendre qu'un domaine de cette étendue exige absolument de son propriétaire qu'il surveille personnellement tout ce qui s'y passe et chacune des personnes qui y sont employées.

– Je suis sûr que Raymond s'en rend fort bien compte, oncle Arthur. Mais il est encore très jeune, et je me disais ce matin en les observant que lui et ses camarades faisaient penser à de jeunes chiens en train de s'amuser et de gambader. Avec le temps, il s'assagira et deviendra un aussi parfait administrateur que vous l'êtes.

– Je l'espère, murmura le marquis. Je l'espère sincèrement.

Puis, comme s'il voulait changer de sujet, il poursuivit :

– Je voudrais te parler de notre nouveau fermier. Je ne suis pas certain d'avoir bien choisi...

Il faisait déjà sombre lorsqu'ils regagnèrent Buckwood. Les patineurs étaient rentrés, et ils avaient organisé autour du billard un jeu stupide agrémenté de ridicules plaisanteries. Un jeu de charretiers, se dit Warren à part lui. Cependant, Magnolia paraissait heureuse, et elle était incontestablement ravissante, avec ses joues rougies par le grand air et ses cheveux un peu dépeignés. Il aurait voulu la presser contre lui, l'embrasser, mais lorsqu'il tenta de l'entraîner à l'écart des autres, elle lui souffla dans un murmure que ce serait une erreur de disparaître ensemble.

– Je vous aime, chéri, lui dit-elle à mi-voix, mais nous devons être prudents. Très prudents.

Il en convint et résolut de se rendre dans la bibliothèque pour lire les journaux de Londres. Ce faisant, il songeait qu'il avait une chance inouïe d'avoir trouvé une jeune fille aussi raisonnable et qui ferait à n'en pas douter une épouse parfaite.

Ce fut quatre jours plus tard, alors qu'il ramenait Magnolia à Londres, que la nouvelle tomba sur lui comme la foudre. Et il se rendit compte en réfléchissant qu'il avait été à la fois stupide et aveugle de ne pas voir plus tôt ce qui se tramait. Au cours des soirées précédentes, des jeunes gens du voisinage étaient venus à Buckwood sur l'invitation de Raymond, et on avait beaucoup dansé. Outre les danses conventionnelles au cours desquelles Magnolia avait valsé avec Warren, il y avait eu le bruyant quadrille des lanciers, ainsi que des branles écossais où les jeunes filles étaient, au milieu des cris de joie, soulevées de terre par leurs cavaliers. Tout cela paraissait très gai, très amusant, et Warren s'était dit qu'il n'était peut-être plus assez jeune et insouciant pour s'abandonner à ce genre de divertissement. Certes, quelques années plus tôt, il avait lui aussi participé à des soirées où on s'adonnait à des jeux plus ou moins distingués et où fusaient des plaisanteries plus ou moins fines, une ambiance mise à la mode par le prince de Galles en personne. Mais à présent, il préférait la table de bridge.

Lorsqu'il avait vu, au cours de la soirée qui avait précédé leur retour à Londres, Raymond et Magnolia converser à voix basse, il s'était demandé ce qu'ils se disaient, tout en se réjouissant qu'ils fussent devenus bons amis. Mais maintenant, alors qu'ils étaient seuls tous les deux dans le compartiment qu'ils avaient réservé, Magnolia prit la parole avec une certaine hésitation.

– J'ai quelque chose à vous dire, Warren.

– Quoi donc, ma chérie ? Et vous ai-je dit, moi, à quel point vous êtes belle aujourd'hui ? Chaque jour, vous me paraissez plus ravissante que la veille.

– Merci, répondit la jeune fille. Je dois pourtant essayer de vous faire comprendre que, malgré l'amour que j'éprouve pour vous, il m'est impossible de vous épouser.

– Que dites-vous ?

En proie au plus profond étonnement, il avait posé la question d'un ton brusque, croyant avoir mal entendu. La jeune fille leva vers lui un regard suppliant.

– Je ne voudrais pas que vous soyez fâché contre moi, reprit-elle.

– Bien sûr que non. Comment le pourrais-je ? Mais je ne comprends rien à ce que vous me dites.

– J'essaie de vous expliquer, mon cher Warren, que, en dépit de l'amour que j'ai pour vous, je vais épouser Raymond.

Warren la fixa d'un air égaré. Il lui semblait que sa tête venait subitement de se remplir d'ouate, et son cerveau avait un mal fou à enregistrer les paroles de sa compagne. Au bout d'un long moment, d'une voix sourde et rauque qu'il ne reconnut pas lui-même, il parvint à articuler :

– Épouser Raymond ! Mais comment est-ce possible ? Il n'est majeur que depuis le mois de novembre.

– Il désire pourtant que je devienne sa femme; naturellement, il nous faudra attendre la fin de mon deuil.

– Et vous croyez vraiment avoir le droit de me faire cela ?

Ces mots prononcés d'une voix hachée semblaient avoir du mal à franchir les lèvres du jeune homme.

– Je suis navrée, Warren, il faut que vous compreniez.

– Que dois-je comprendre ?

L'hésitation de Magnolia était visible. Mais son compagnon connaissait déjà la réponse.

– Vous voulez dire, bien sûr, que Raymond sera un jour marquis de Buckwood.

– N'avez-vous pas déclaré vous-même que cette demeure me conviendrait à merveille ?

– C'est donc cela ?

Il avait l'impression que le compartiment tournait autour de lui. Puis il constata que le train entrait en gare de Paddington. Magnolia avait fort habilement fait coïncider sa révélation avec leur arrivée à Londres. L'instant d'après, la portière s'ouvrit, et la femme de chambre de la jeune fille – qui avait effectué le voyage dans le compartiment voisin – apparut dans l'encadrement. L'heure n'était plus à une discussion d'ordre intime.

La voiture fermée de Magnolia l'attendait devant la gare. Dès qu'ils l'eurent atteinte, Warren souleva courtoisement son chapeau et s'éloigna sans avoir prononcé un seul mot depuis qu'ils étaient descendus du train. Tandis qu'il montait dans une voiture de place et donnait l'ordre au cocher de le conduire à son club, il se sentait trembler de colère. En même temps, une douloureuse sensation de défaite s'infiltrait dans tout son être et il lui semblait que le ciel venait de s'effondrer sur sa tête. Il avait aimé Magnolia comme il n'avait jamais aimé aucune femme avant elle, et il avait cru à ses protestations d'amour. À présent, des fragments de conversations lui revenaient à l'esprit.

– Je crains que nous ne soyons pas très riches, ma chérie, avait-il un jour déclaré à la jeune fille, car je dois subvenir aux besoins de ma mère.

– Je vous aime pour vous-même, lui avait répondu Magnolia de sa voix douce et enjôleuse. Et je vous aimerais tout autant si vous n'aviez pas un seul penny.

En une autre circonstance, il avait dit :

– Dès que vous me permettrez d'annoncer nos fiançailles à mon oncle, je sais qu'il nous offrira une maison quelque part sur le domaine. Il y a quelques petits manoirs ravissants, et je suis sûr que vous seriez capable d'embellir n'importe lequel d'entre eux.

– Ma seule ambition est de vous faire un foyer aussi agréable que je le pourrai, avait déclaré Magnolia.

– Vous y parviendrez. Et, bien entendu, nous tâcherons d'avoir aussi une petite maison à Londres.

– J'espère qu'elle sera tout de même assez grande pour que je puisse y recevoir vos amis. Ce n'est pas parce que nous serons mariés que je devrai vous priver de tous les gens qui apprécient votre merveilleuse personnalité. Je sais pourtant que les femmes m'envieront d'avoir un mari aussi intelligent qu'élégant et beau.

– Nous achèterons une maison comportant une grande salle à manger et un salon non moins grand, avait affirmé Warren tout en se demandant avec une certaine angoisse si ses moyens lui permettraient de tenir cette promesse.

L'amour qu'il éprouvait pour Magnolia l'avait déjà incité à faire des économies pour lui acheter les objets dont elle aurait besoin dès après le mariage. Ayant de nombreux amis fortunés et « importants » – pour reprendre le qualificatif que leur attribuait la jeune fille –, il savait qu'ils sortiraient beaucoup pour se rendre à des réceptions où il avait toujours été bien accueilli dans le passé. Cela signifiait que la jeune femme aurait besoin d'un certain nombre de robes de prestige, et il se disait qu'il lui faudrait renoncer à certains gaspillages qu'il se permettait quand il était célibataire. Mais il aimait Magnolia, de sorte que rien ne lui serait un trop gros sacrifice et qu'il était disposé à mettre tout ce qu'il possédait aux pieds de sa femme.

À présent, il pouvait à peine croire que, l'aimant comme elle le prétendait, elle pût envisager d'épouser un garçon à peine plus âgé qu'elle et qui ne possédait pas la moindre maturité d'esprit. Raymond, d'autre part, ne brillait pas par son intelligence, et il n'avait qu'assez peu de qualités réelles, hormis un caractère enjoué et un désir juvénile de s'amuser sans se préoccuper de rien d'autre. Le marquis était – bien qu'il ne l'eût jamais admis ouvertement – un peu déçu par son fils dont les résultats universitaires étaient loin d'être bons et qui avait failli, à deux reprises, se faire renvoyer d'Oxford pour paresse invétérée. De plus, lorsque son père avait tenté de le mettre au courant de l'administration du domaine, il n'y avait apporté aucune attention réelle, ne songeant qu'aux distractions que cela pourrait lui procurer. Warren ne l'avait jamais considéré comme véritablement adulte, et il ne le voyait guère dans le rôle d'un mari. Surtout celui de Magnolia. Il était consterné, écœuré à la pensée qu'elle l'épousait pour l'unique raison qu'il serait un jour marquis de Buckwood. Tout en se sentant humilié par le fait qu'elle prétendait l'aimer encore, il continuait à la désirer et à se dire que la vie sans elle lui serait insupportable.

Dès son arrivée au club, son premier soin fut d'ingurgiter une excessive quantité de cognac. Après quoi, il se dit qu'il était inutile de se demander comment il allait pouvoir vivre sans Magnolia, car il n'avait pas du tout l'intention d'en arriver là. C'est dans cet état d'esprit que le trouva son ami Edward.

– Écoute, Warren, dit ce dernier après avoir été mis au courant de la situation, j'ai une suggestion à te faire, et je voudrais que tu l'examines sérieusement.

– Quelle est ta suggestion ? s'informa Warren d'un air maussade.

– Tu pourrais m'accompagner en Afrique.

– En Afrique ?

Il y avait dans sa question une note de surprise, et Edward se dit qu'il avait au moins réussi à éveiller la curiosité de son ami.

– J'y vais avec la perspective de rassembler des matériaux pour un nouveau livre. J'explorerai certaines parties du désert marocain où j'imagine qu'aucun Anglais n'a encore jamais mis les pieds. Nous pourrions pratiquer la chasse, et il n'est pas impossible non plus que nous soyons tués par quelque tribu hostile.

– Du moins cela résoudrait-il mon problème, commenta Warren.

– J'admets que ce serait une manière assez inhabituelle de quitter la vie.

Un long silence au terme duquel Edward reprit la parole :

– Viens avec moi. Je ne crois pas que tu le regrettes, et cela t'évitera du moins de te morfondre ici en pleurant sur Magnolia et en te demandant ce qu'elle est en train de faire avec Raymond.

Il s'interrompit un instant avant d'ajouter :

– Tu auras à te défendre contre les serpents et autres animaux dangereux, tu goûteras l'inconfort d'une tente pleine de courants d'air et susceptible de s'envoler à chaque instant...

– Je reconnais que tu rends la perspective fort attrayante.

– Je ne puis te promettre une expédition de tout repos avec les voluptés exotiques de l'Orient. Mais tu auras à lutter, et je suis persuadé que c'est ce dont tu as besoin dans les circonstances présentes.

Un autre silence. Warren avait l'impression de voir Magnolia se dresser devant lui, et il la haïssait avec la violence d'un homme qui vient de subir la plus cruelle des déceptions amoureuses.

– Très bien, dit-il enfin. Puisque tu insistes, je viens avec toi. Mais il va falloir que tu t'occupes de toutes les formalités pendant que je vais sombrer dans une ivresse écœurante sans doute, mais qui me plongera dans l'oubli.

Il s'entendait encore prononcer ces paroles, et il se souvint qu'il s'était méprisé pour sa faiblesse, pour avoir été assez stupide d'aimer une femme qui l'avait repoussé et lui avait préféré un titre de noblesse.

Une année s'était écoulée depuis cette époque, et pourtant la lettre qu'il tenait dans sa main semblait réveiller en lui un sentiment qu'il avait cru enfoui dans les profondeurs de l'oubli. Les yeux baissés sur cette enveloppe d'où se dégageait le parfum troublant de Magnolia, il contemplait les courbes de son écriture, tout en se remémorant les courbes délicates et harmonieuses de ses jeunes seins et la finesse de sa taille. Il lui semblait sentir encore la chaleur de ses lèvres sous les siennes dans les baisers passionnés qu'ils échangeaient et qui faisaient battre leurs deux cœurs à l'unisson. À ces moments-là, il avait la certitude qu'elle éprouvait un désir égal au sien. « Magnolia ! Magnolia ! » Tout son être la réclamait avec l'ardeur d'une passion inassouvie.

Mais pourquoi lui écrivait-elle maintenant ?

2

Pendant un moment, Warren éprouva l'impression que les lignes tracées sur le papier bleu délicatement parfumé tremblaient devant ses yeux. Puis, le cœur battant, il parvint à lire.

Mon bien-aimé Warren,

Comment avez-vous pu partir avec tant de cruauté sans me dire où vous alliez ? Quand on m'a appris que vous aviez quitté l'Angleterre, je ne pouvais y croire.

J'ai alors compris ma sottise et senti que je m'étais laissé entraîner par une sorte d'inexplicable aberration qui m'avait momentanément privée de ma raison.

Depuis, j'ai eu le temps de réfléchir, et je me rends compte que je n'ai jamais aimé qu'un seul homme dans ma vie. C'est vous. Oui, je vous aime, Warren, et je vous demande à genoux de bien vouloir me pardonner. Il m'est impossible de croire que j'aie vraiment perdu sans retour une chose aussi précieuse, aussi merveilleuse que votre amour. Si je n'ai pas su l'apprécier à sa juste valeur, c'est que je n'avais encore jamais rencontré quelqu'un de comparable à vous.

Votre oncle me dit que vous êtes quelque part en Afrique, mais il semble ne pas avoir votre adresse. Je ne puis donc qu'envoyer cette lettre à Paris où j'ai appris que vous deviez faire escale à votre retour. Quand vous la lirez, mon chéri, essayez d'oublier ma stupidité, rappelez-vous combien nous étions heureux avant d'aller à Buckwood et permettez-moi de me glisser de nouveau amoureusement dans votre cœur. Je vous en supplie, accordez-moi le pardon que j'implore, et nous retrouverons l'ivresse de nos premiers baisers.

Je vous aime ! Je vous aime !

Votre très humble et repentante

Magnolia.

Sa lecture achevée, Warren fixa la feuille de papier d'un air incrédule. La lettre avait été écrite neuf mois plus tôt, c'est-à-dire peu de temps après qu'il eut quitté l'Angleterre. Il lui paraissait impossible que la jeune fille eût changé d'avis si totalement et si vite. En proie à la plus grande perplexité, il se mit à relire l'étrange missive. Il devait forcément y avoir une explication, mais laquelle ?

Il parcourut rapidement son courrier. Il y avait là plusieurs factures, cinq ou six enveloppes qui, de toute évidence, contenaient des invitations, envoyées au *White's Club* de Londres et que l'on avait fait suivre à Paris. Il y avait aussi une lettre de sa mère, adressée directement à l'hôtel. L'écriture, nette et aristocratique, était fort différente de celle de Magnolia, ornée et compliquée. Mais il n'avait en ce moment aucune envie d'établir des comparaisons et de formuler des critiques. Il avait seulement hâte d'avoir des nouvelles de chez lui.

Mon cher fils,

C'est avec un immense plaisir que j'ai reçu hier ta lettre de Casablanca m'annonçant que tu étais sur le chemin du retour. Et il m'a semblé que c'était là une réponse à mes prières. Car il est important que tu rentres sans délai.

Je sais que tu vas être bouleversé de savoir que Raymond a fait, il y a trois jours, une chute de cheval et que – je l'apprends à l'instant – il a succombé ce matin à ses blessures.

L'accident s'est produit au cours d'un steeple-chase nocturne sur les terres de l'un de ses amis chez qui il séjournait. J'ai cru comprendre que tous les participants avaient assisté auparavant à un bon dîner au cours duquel ils avaient peut-être un peu trop bu. En tout cas, ce pauvre Raymond est mort, et le Dr Gregory, qui m'a apporté la triste nouvelle, a ajouté que ton oncle Arthur vient d'être victime d'une crise cardiaque. Il n'allait déjà pas très bien depuis quelques mois, en raison de son embonpoint, et il n'a pas pu supporter l'annonce de l'accident survenu à son fils. Il est dans le coma, et d'après le médecin, il a peu de chances de s'en tirer.

Étant donné les circonstances, tu comprendras, mon cher Warren, que l'on a besoin de toi ici de toute urgence. C'est pourquoi je prie Dieu que cette lettre te parvienne rapidement. Envoie-moi un télégramme, s'il te plaît, dès que tu l'auras reçue.

Je suis navrée que ton retour à la maison soit gâché par d'aussi tristes nouvelles et la perte cruelle qui nous atteint tous les deux. Mais je sais aussi que tu assumeras les responsabilités qui t'incombent désormais avec cette dignité et cette humanité qui étaient si caractéristiques de ton père.

Que Dieu te garde, mon cher fils. J'attends impatiemment de tes nouvelles.

Je t'embrasse affectueusement,

Elizabeth Wood.

Si Warren avait été surpris et choqué par la lettre de Magnolia, celle de sa mère le laissait confondu. Il ne pouvait croire que son cousin Raymond, si jeune et si plein de vie, fût déjà mort et que l'état de son oncle Arthur ne laissât guère d'espoir de guérison. Mais, en dépit de la confusion de son esprit, il se rendait compte que le cours de sa vie allait se trouver profondément bouleversé. Même dans ses rêves les plus fous, il ne s'était jamais vu marquis de Buckwood. Pas plus que son père ne s'était jamais imaginé qu'il pourrait le devenir un jour à la place de son frère. D'ailleurs, il n'avait jamais éprouvé ce genre d'ambition, ne possédant pas la moindre parcelle d'envie.

– Personne, disait-il souvent, ne saurait être un meilleur chef de famille qu'Arthur.

Lors de sa dernière maladie, conscient qu'il ne se remettrait pas de la grave opération qu'il avait subie, il avait dit à son fils :

– Veille sur ta mère et seconde Arthur dans toute la mesure du possible. Je sais qu'il compte sur toi.

Warren avait promis, naturellement, et un faible sourire avait éclairé le visage du malade.

– Tu es un bon fils, avait-il déclaré, et j'ai toujours été fier de toi.

Au souvenir des paroles de son père, Warren ne pouvait s'empêcher de regretter qu'il n'eût pas pris la place de son frère Arthur, car il se demandait qui allait bien pouvoir l'aider maintenant dans sa lourde tâche de chef de famille.

Pendant un moment, l'énormité de cette tâche lui parut presque insurmontable. Il allait être responsable d'immenses domaines, situés en diverses parties de l'Angleterre, mais aussi d'orphelinats, de maisons de retraite, d'écoles et d'œuvres de bienfaisance en si grand nombre que leur liste remplissait trois pages de cahier.

Il y avait aussi les devoirs héréditaires du marquis de Buckwood à la cour. Il n'ignorait pas que la reine Victoria appréciait hautement son oncle dont elle réclamait fréquemment la présence au château de Windsor pour lui demander son sentiment sur tel ou tel problème. En songeant à la souveraine, Warren eut un peu l'impression de se mettre au garde-à-vous car il la respectait et l'admirait profondément. Il avait pleinement conscience du fait que l'Empire britannique devait une grande partie de son expansion, de sa prospérité, de son prestige à Sa Majesté et à son ascendant sur ceux qui la servaient.

Puis, se souvenant que sa mère réclamait instamment sa présence, il jeta un coup d'œil à la date de sa lettre. Elle avait été rédigée trois jours plus tôt. Il se devait donc de partir pour l'Angleterre dès le lendemain matin. Il demanderait à la réception de lui indiquer les horaires des trains-paquebots et il enverrait aussi un télégramme au manoir.

En rangeant le reste de sa correspondance, il constata que la réception de l'hôtel avait l'habitude d'inscrire au crayon sur chaque enveloppe la date de son arrivée. La lettre de sa mère avait été distribuée la veille – 27 juin –, c'est-à-dire deux jours après son expédition. C'est alors que lui vint l'idée de regarder ce qui figurait sur l'enveloppe bleue. L'hôtel avait également inscrit : 27 juin.

Pendant un instant, il ne put en croire ses yeux. Il retira vivement de l'enveloppe la feuille de papier parfumée. Tout en haut, elle portait en caractères parfaitement lisibles : 20 octobre 1893. Sa bouche prit un pli cynique et amer qui le vieillit de plusieurs années et donna à ses traits un aspect presque déplaisant. Il aurait bien dû s'attendre à une telle manœuvre de la part de Magnolia ! Raymond disparu, elle essayait d'exercer son emprise sur le nouveau marquis de Buckwood. Une telle perfidie le mettait hors de lui. Jetant la missive sur le sol, il alla se planter devant la fenêtre ouverte.

Le soleil descendait lentement dans le ciel pur, et le rouge orangé de ses derniers rayons caressant les toits de la capitale était un spectacle d'une beauté inouïe. Pourtant, Warren ne voyait devant ses yeux que le visage radieux de Magnolia occupée à tramer le complot qui, d'une manière ou d'une autre, ferait d'elle la marquise de Buckwood. Comment une femme qu'il avait aimée passionnément pouvait-elle se conduire d'une manière aussi abominable et s'imaginer qu'il pourrait se laisser abuser par de tels mensonges ? Debout devant cette fenêtre éclairée par les rayons obliques du soleil couchant, il avait l'impression qu'une main invisible venait d'arracher de son cœur les derniers lambeaux des sentiments qu'il avait éprouvés pour Magnolia. Si elle venait à présent se jeter à ses pieds pour l'implorer de ses grands yeux sombres, il n'éprouverait que le désir de la frapper. Il lui semblait presque voir à l'œuvre son cerveau pervers au moment où elle se rendait compte que, ayant perdu Raymond, il lui fallait coûte que coûte reconquérir Warren. Elle avait alors machiné ce qui lui avait sans doute semblé un plan fort habile : lui envoyer une lettre qui serait censée avoir été écrite peu de temps après son départ pour l'étranger. Si l'hôtel n'avait pas eu l'habitude d'inscrire la date d'arrivée de chaque missive, peut-être aurait-il cru à un authentique changement d'état d'âme provoqué par son départ d'Angleterre.

Néanmoins, voulant s'assurer qu'il ne commettait pas d'erreur, il examina les autres enveloppes. La réception de l'hôtel avait bien inscrit la date d'arrivée sur chacune d'elles. Il n'avait pas chargé lui-même le secrétaire du *White's Club* de lui faire suivre son courrier, mais il savait qu'Edward avait demandé que le sien lui fût expédié à Paris, et il supposait que son ami avait pris pour lui les mêmes dispositions. La seule personne à qui il eût donné son adresse était sa mère, et il se demandait comment Magnolia était parvenue à la lui arracher sans lui laisser soupçonner ses intentions.

Puis une autre idée lui vint à l'esprit, et il chercha dans son courrier une lettre qui, logiquement, devait s'y trouver : celle des hommes d'affaires de son oncle. Elle y était effectivement, partie d'Angleterre le même jour que celle de sa mère. C'était sûrement d'eux que Magnolia tenait son adresse à Paris. La missive était signée par un associé qu'il connaissait bien et qui avait été un ami de son père. Après lui avoir annoncé le décès de son cousin Raymond et lui avoir présenté ses plus sincères condoléances, il lui demandait de bien vouloir regagner l'Angleterre, afin de veiller à l'administration du domaine dont son oncle était présentement hors d'état de s'occuper. Il laissait en outre comprendre qu'il n'y avait guère d'espoir de voir le marquis recouvrer la santé, et Warren eut l'impression que l'on plaçait le fardeau du domaine sur ses épaules avant même que son oncle ne fût mort et enterré. Il posa sur le guéridon la lettre qu'il tenait à la main et piétina rageusement sur le tapis la feuille de papier bleu d'où s'élevait encore le parfum préféré de Magnolia.

La lune était haute dans le ciel, et les étoiles scintillaient comme autant de diamants tandis que Warren parcourait à pas lents les berges de la Seine. Lorsqu'il était en Afrique avec Edward, ils parlaient parfois de ce qu'ils feraient lors de leur retour à la civilisation.

– Nous passerons quelques jours à Paris, mon vieux, dit Edward un certain soir. C'est l'endroit rêvé pour franchir le pas entre le primitif et le sophistiqué.

Warren laissa errer ses regards sur le désert qui s'étendait à perte de vue et se confondait dans le lointain avec l'horizon, de sorte qu'il était malaisé de savoir où finissait le sable et où commençait le ciel.

– Je suppose, répondit-il d'un ton moqueur, que tu penses au *Moulin Rouge* et à *Maxim's* !

– Quand j'effectue une expédition comme celle-ci, j'oublie presque à quoi peut ressembler une jolie femme. De sorte qu'une sirène de chez *Maxim's* serait en ce moment la bienvenue et que je prendrais aussi beaucoup de plaisir à voir les danseuses du *Moulin Rouge* lancer leurs jambes en l'air dans un french cancan étourdissant.

– Ce que j'aimerais, moi, répliqua Warren en riant, c'est une flûte de champagne bien frappé. Si je dois continuer encore longtemps à boire de l'eau tiède dans une gourde en peau de bouc, je vais devenir fou.

– Tu risques fort de le devenir sans cela ! rétorqua Edward en levant les yeux vers le soleil éclatant qui dardait ses rayons de feu sur leurs têtes.

Ils étaient en route depuis près de quatre jours, et il était évident que l'eau contenue dans les gourdes devenait de plus en plus écœurante.

– Demain, nous pourrons refaire nos provisions, dit Edward. Je crains toutefois que ces vivres n'aient pas grand-chose à voir avec la nourriture que l'on nous servirait dans un de ces restaurants coûteux du Palais-Royal. Après toutes les privations que tu endures en ce moment, il faudra faire retoucher tes vêtements.

Warren se mit à rire. Edward avait eu raison. En se changeant pour aller dîner, il constata que ses vêtements auraient besoin de l'habileté d'un bon tailleur pour retrouver l'allure qu'ils avaient avant son départ pour l'Afrique. Ses muscles s'étaient durcis, et il avait l'impression – absurde évidemment – que ses épaules s'étaient élargies. Bien sûr, les heures interminables passées à cheval ou à dos de chameau avaient eu pour résultat de rendre son corps plus résistant et plus athlétique, en dépit du fait que la nourriture absorbée l'avait été uniquement pour se maintenir en vie et non par gourmandise.

Et voici qu'il se trouvait de nouveau à Paris. Malgré ses soucis, il ne pouvait s'empêcher d'apprécier l'excellent dîner qu'il prenait dans un petit restaurant proche de l'hôtel. S'il n'avait pas éprouvé autant d'appréhension à la pensée de ce qui l'attendait une fois rentré chez lui, il se serait mis à la recherche de la ravissante jeune femme avec qui il avait passé plusieurs soirées délicieuses lors de son précédent séjour dans cette ville. Lorsqu'il l'avait traversée un an plus tôt, avant de s'embarquer pour l'Afrique, il était si déprimé par la trahison de Magnolia qu'il avait laissé à Edward le soin d'organiser leur soirée. Après avoir assisté au spectacle des *Folies-Bergère*, il avait abandonné son compagnon chez *Maxim's* sans même danser avec aucune des séduisantes hôtesses.

En Afrique, il avait échafaudé maints projets pour sa première nuit à Paris. Et à présent qu'il s'y trouvait, il souhaitait seulement réfléchir à sa nouvelle situation. La réception de l'hôtel lui ayant indiqué un train express assurant la correspondance avec le bateau qui quittait Calais à midi, il calcula qu'avec un peu de chance il pourrait arriver chez sa mère le lendemain dans la soirée. Il lui avait donc télégraphié dans ce sens, tout en lui demandant de ne pas s'inquiéter s'il avait un peu de retard. Mais, durant l'été, il y avait peu de risques de traversée mouvementée, comme cela se produisait en d'autres saisons lorsque la mer était agitée.

La soirée était chaude. Aussi décida-t-il, en sortant du restaurant, d'effectuer une brève promenade. Il n'y avait pas le moindre souffle de vent pour faire bruire les feuilles des arbres qui bordaient la Seine, et la clarté de la lune qui argentait les toits des grands immeubles était bien différente de celle qui filtrait à travers les palmiers des oasis où ils faisaient halte pour dormir quand ils pouvaient en trouver une. Sinon, lorsqu'ils dressaient leur tente au milieu de la pierraille et des arbustes rabougris, ils devaient se méfier des serpents, des scorpions et des innombrables insectes fort désagréables qui semblaient tous éprouver l'envie irrésistible de s'introduire dans le sac de couchage ou de se glisser dans le cou des voyageurs. Il songeait en outre avec un sourire que le claquement des sabots de chevaux sur les routes macadamisées était bien différent du cri des chameaux et de cette habitude répugnante qu'avaient les domestiques arabes de se racler la gorge avant de cracher.

« Je suis retourné à la civilisation », se dit-il. Après avoir été vêtu de grosse toile pendant si longtemps, il avait l'impression de se pavaner dans de la soie. La lune faisait miroiter les eaux de la Seine tandis qu'il franchissait le pont d'Arcole pour aller admirer Notre-Dame.

Il était encore tout jeune homme lorsqu'il était venu à Paris pour la première fois, et il avait alors choisi de résider sur la rive gauche où la vie était moins chère qu'ailleurs. Ayant quitté son hôtel, la vieille cathédrale était soudain apparue à ses yeux, imposante et infiniment romantique. Bien des années avaient passé depuis lors.

Et ce soir, accoudé aux pierres froides de la murette qui bordait le grand fleuve nonchalant, il admirait un bateau-mouche qui descendait lentement le courant, avec ses lumières rouges et vertes qui se reflétaient dans l'eau.

Ce fut alors qu'il aperçut quelqu'un au-dessous de lui, sur le chemin de halage construit autrefois à l'usage des chevaux qui tiraient les chalands. Il ne prêta d'abord aucune attention particulière à la mince silhouette qui semblait être celle d'une très jeune fille se déplaçant le long de la berge, les yeux fixés sur l'eau qui coulait à ses pieds. Chose étrange, elle n'avait sur la tête ni chapeau ni châle, et la clarté de la lune semblait argenter ses cheveux. Quoique plongé dans ses propres pensées, Warren ne put s'empêcher de remarquer la grâce des mouvements de l'inconnue. Elle avait une taille d'une extrême finesse, et sa démarche légère, presque aérienne, donnait l'impression qu'elle glissait sur le sol. À l'ombre du pont, elle s'immobilisa pour fixer le fleuve avec une étrange intensité. Presque inconsciemment, avec l'intuition d'un homme qui a connu le danger et qui sait le prévoir avant qu'il ne se manifeste, Warren comprit les intentions de l'inconnue. Elle ne bougeait pas, elle ne se penchait pas non plus en avant, mais elle paraissait captivée par l'eau, et il eut la certitude qu'elle choisissait son moment.

Sans plus réfléchir, il courut vers la brèche du mur d'où quelques marches de pierre descendaient jusqu'au chemin de halage, à quelques pas de l'endroit où elle se tenait. Il avança sans bruit sur ses escarpins de soirée à semelles légères, et elle ne l'entendit pas venir.

– *Faites attention, mademoiselle*, dit-il d'un ton

calme afin de ne pas l'effrayer. *La Seine est dangereuse* (1).

La jeune fille se raidit avant de répondre d'une voix saccadée :

– Allez-vous-en ! Laissez-moi... seule.

À la surprise de Warren elle avait prononcé ces mots en anglais, et il lui répondit dans la même langue.

– Comment pouvez-vous envisager une chose aussi folle ?

– Qu'est-ce que cela peut vous faire ? répliqua la jeune inconnue en se tournant vers lui.

Dans l'ombre du pont, il distingua un petit visage triangulaire et pâle avec deux grands yeux qui semblaient le remplir tout entier. Elle s'étonnait évidemment de voir surgir auprès d'elle en un tel endroit un homme en tenue de soirée.

– Allez-vous-en ! répéta-t-elle toujours en anglais. Cela ne vous... regarde pas.

– Étant donné que nous semblons appartenir à la même nationalité, je trouve votre requête difficile à accepter, répliqua-t-il.

– Je vous en prie... laissez-moi !

Sa voix avait maintenant un accent désespéré et suppliant.

– Vous prétendez que cela ne me regarde pas, reprit Warren, mais en ma qualité d'Anglais, si je voyais un chien ou un chat en train de lutter pour sa vie au milieu du fleuve, je me sentirais obligé d'aller le repêcher. Or, je n'ai pas, ce soir, l'intention de me mouiller si je puis faire autrement.

– Alors, laissez-moi... mourir comme je le veux... sans vous en mêler.

Elle avait prononcé ces derniers mots à voix presque basse et avec une intonation différente.

– Vous voulez donc mourir, reprit le jeune homme d'un air pensif. C'est aussi ce que j'avais

(1) En français dans le texte.

l'intention de faire il y a neuf mois; mais un ami m'en a empêché, et je me réjouis maintenant de son intervention.

– Pour vous, la chose était différente. Vous... êtes un homme.

– Je suis un être vivant et, dans la partie du monde d'où je reviens, des hommes, des femmes, des enfants doivent sans cesse lutter contre la mort. Cela m'a fait apprécier la vie comme je ne l'avais jamais fait auparavant.

La jeune fille tourna lentement la tête, et il se dit, en voyant son fin profil se détacher sur l'eau paresseuse de la Seine, qu'elle devait être belle. Pourtant, en contemplant la ligne de son menton, il la trouva d'une maigreur anormale.

– Parce qu'un ami m'a empêché d'agir comme vous vous proposiez de le faire, continua-t-il, je suggère que nous allions nous asseoir quelque part, de préférence devant un verre de vin, et que vous me racontiez ce qui vous poussait à un acte aussi désespéré.

Mais il vit son jeune corps se raidir, et elle répliqua vivement :

– Je vous ai dit de vous en aller. Si vous avez envie d'une femme... il n'en manque pas dans les rues.

C'était de toute évidence le sens qu'on pouvait donner aux paroles qu'il venait de prononcer.

– Je vous jure, protesta-t-il aussitôt, que je ne songeais à rien de tel. Si j'avais désiré ce que vous suggérez, je ne serais pas venu le chercher ici.

Il avait parlé comme il l'aurait fait à une enfant désemparée, et elle répondit d'une petite voix teintée d'humilité.

– Excusez-moi... j'ai été impolie, alors que vous tentez de... me venir en aide.

– Vous devez vous rendre compte que le fait de circuler toute seule la nuit à Paris comporte des risques.

– Je ne circule pas, répliqua-t-elle d'un ton farouche. Je suis venue ici... pour me noyer... et vous m'empêchez de... d'agir comme je le voudrais.

– Il se pourrait que vous n'y parveniez pas. Ne vaut-il pas mieux accepter ma proposition et faire confiance à quelqu'un qui s'est trouvé, il n'y a pas si longtemps, dans le même état d'esprit que vous?

– Je doute fort que vous ayez jamais connu une situation comme la mienne.

– C'est pourtant la vérité. Et c'est peut-être le destin qui a voulu que je vous rencontre ce soir, que je saisisse ce que vous étiez sur le point de faire.

– Comment... l'avez-vous compris ?

– Je sentais que vous étiez en danger, tout comme il y a un mois ou deux j'ai senti par avance que le camarade avec qui je voyageais et moi-même étions en danger. C'est mon seul instinct qui nous a sauvé la vie, exactement comme j'espère avoir sauvé la vôtre ce soir.

La jeune fille laissa échapper un petit soupir, puis détourna ses yeux du fleuve et s'en éloigna d'un pas, comme si elle avait conscience que ce qu'elle avait eu l'intention de faire était impossible, du moins pour le moment. Ils remontèrent ensemble les marches qui conduisaient au quai. Warren constata alors, au clair de lune, que sa compagne était encore plus jeune qu'il ne l'avait pensé. Si jeune, en vérité, que, malgré ses cheveux relevés en chignon, elle avait l'air d'une enfant. Elle était pourtant d'une taille au-dessus de la moyenne, et cette apparence de petite fille provenait du fait qu'elle était pitoyablement maigre. Elle lui rappelait le spectacle navrant de ce qu'il avait parfois vu dans certaines tribus africaines. Il était évident que la pauvre fille était sous-alimentée. Sans doute fallait-il chercher dans ce fait l'explication de l'acte désespéré qu'elle s'apprêtait à accomplir.

– Il y a non loin d'ici un petit restaurant où j'allais autrefois. S'il est encore ouvert, je suggère que nous y allions. Et vous pourrez me parler de vous.

– Je n'ai aucune intention de vous dire quoi que ce soit.

– Alors, c'est moi qui parlerai, et vous écouterez.

La jeune fille demeura un instant indécise, se demandant sans doute s'il ne serait pas plus sage de fuir cet inconnu. Mais, comme s'il lisait dans ses pensées, Warren reprit :

– À vrai dire, j'aimerais vous parler, parce qu'il se trouve que j'ai un grave problème à résoudre. Je n'aurais pas pu y parvenir dans la musique et les rires que j'aurais trouvés sur l'autre rive. C'est ce qui m'a poussé à venir me promener par ici, et vous pourriez bien être, en fait, l'étoile que je cherchais pour me guider dans les ténèbres.

– Vous ne donnez pas l'impression d'avoir de bien graves problèmes à résoudre, observa la jeune fille.

Ils marchaient à présent sous la lumière des réverbères, et elle était visiblement déconcertée par l'élégance de son compagnon, sa chemise au plastron immaculé, son habit de soirée à longues basques.

– Vous seriez surprise si je vous énumérais tous ceux que j'ai dû résoudre, répondit Warren. Faites donc ce que je vous demande, et je vous promets que lorsque vous désirerez rentrer, je vous raccompagnerai immédiatement.

Il la sentit frissonner légèrement, comme si les mots qu'il venait de prononcer évoquaient en elle quelque événement désagréable. Ils poursuivirent leur chemin en direction du restaurant. L'établissement était ouvert, bien que les tables de la terrasse, protégées par un auvent rouge et blanc, fussent toutes inoccupées. À la vue de

Warren en tenue de soirée, le gérant se précipita pour conduire ses nouveaux clients à une table d'angle.

Tandis que sa compagne prenait place à ses côtés sur la banquette recouverte de velours rouge, Warren fut surpris de constater qu'elle ne paraissait embarrassée ni par le cadre ni par le fait qu'elle n'avait pas de manteau et que sa robe était sérieusement usagée. Elle ne fit aucun effort pour parcourir le menu que venait de lui présenter le maître d'hôtel, et elle tourna les yeux vers son compagnon.

– Voulez-vous que je commande ? demanda Warren.

– S'il vous plaît.

Il ne s'était pas trompé, la jeune fille était visiblement sous-alimentée. Il suffisait de voir la maigreur de ses poignets et de ses doigts, ainsi que la ligne de sa mâchoire. À la vérité, on éprouvait presque l'impression qu'elle était sur le point de mourir d'inanition. Ses yeux paraissaient anormalement grands dans son petit visage triangulaire, et malgré cela, elle était remarquablement jolie. « Ravissante » était le terme exact, se dit Warren.

Il commanda une vichyssoise, sorte de soupe très nourrissante parce que composée de pommes de terre, de carottes et de crème, puis un poulet dont le gérant lui affirma que c'était une spécialité de la maison.

– Je crois m'en souvenir, commenta Warren, depuis l'époque déjà lointaine où je venais ici.

– Dans ce cas, je suis ravi de vous recevoir de nouveau, monsieur.

Warren commanda ensuite une bouteille de champagne et précisa qu'il désirait être servi rapidement. Une fois le gérant reparti avec la carte des vins, il se tourna avec un sourire vers la jeune fille assise à côté de lui.

– Et si nous nous présentions maintenant ? suggéra-t-il. Je m'appelle Warren Wood.

– Et moi Nadia.

– C'est tout ?

– Charrington.

– Vous êtes donc bien anglaise.

Pourtant, bien que parlant un anglais parfait, sa compagne n'avait pas l'air tout à fait anglaise, et il était persuadé que coulait dans ses veines le sang d'une autre race. Toutefois, c'eût été une erreur de paraître mettre en doute ses affirmations.

– À présent que nous nous connaissons, reprit-il, ne voudrez-vous pas me dire ce que vous faites à Paris et pourquoi vous étiez... si impatiente de le quitter ?

Sans doute trouva-t-elle amusante cette façon de s'exprimer, car une ombre de sourire flotta un instant sur ses lèvres.

– Vous m'avez promis que nous parlerions... de vous, dit-elle.

– Très bien, je tiendrai donc parole. Ce que je fais toujours, d'ailleurs.

Elle comprendrait certainement que ces mots avaient pour but de la rassurer, de lui faire comprendre qu'il la laisserait partir quand elle le désirerait et qu'il n'avait aucune visée sur elle.

– Je suis arrivé d'Afrique aujourd'hui même, reprit-il, et je dois regagner l'Angleterre demain matin à la première heure.

– Vous avez séjourné en Afrique ! Que faisiez-vous là-bas ?

– Je voyageais avec un ami qui écrit un livre sur les tribus d'Afrique du Nord, les Berbères en particulier. Nous sommes allés en des endroits où les indigènes n'avaient encore jamais vu un Blanc. Dans certains cas, nous avons même failli y perdre la vie.

– C'était si dangereux ?

– Oui. Mais, en même temps, comme je vous

l'ai déjà laissé entendre, ce voyage a définitivement chassé loin de moi toute idée de suicide.

Il comprenait à son regard qu'elle admirait son élégance, évidemment consciente que de tels vêtements devaient coûter fort cher.

– À vous observer, vous ne donnez pas l'impression… d'avoir des raisons de… vous suicider.

– Vous savez, répondit-il d'un air pensif, ce ne sont pas toujours les soucis d'argent qui poussent les gens à l'irréparable. Il peut y avoir d'autres motifs.

– Vous savez, être sans un sou et… seule au monde… c'est effrayant.

L'intonation qu'elle avait donnée au mot « seule » entraîna la question de Warren, formulée à voix presque basse.

– Qui avez-vous perdu ?

– Ma… ma mère.

– Et vous n'avez pas de père ?

– Il est mort aussi.

Ces derniers mots avaient été prononcés avec un tremblement dans la voix, et il sentit qu'il devait y avoir quelque chose de particulièrement douloureux dans la façon dont son père était mort.

– N'avez-vous aucun autre parent qui pourrait s'occuper de vous ?

– N… non. Pas à Paris.

Il était évident qu'elle n'avait pas d'argent pour aller ailleurs.

– Il semble impossible que dans cette grande cité surpeuplée vous soyez absolument sans amis, sans parents, sans connaissances.

Elle détourna les yeux, comme si elle ne souhaitait pas répondre, et il admira la longueur des cils noirs qui frangeaient ses paupières.

– Eh bien, reprit-il ensuite d'un ton léger, peut-être ai-je été envoyé pour vous servir d'ange gardien et vous sauver de vous-même.

– Ce que… vous n'auriez jamais dû faire.

– Pourquoi ?

Elle poussa un soupir.

– Parce que cela ne fait que prolong[illegible] détresse.

Il n'eut pas le temps de répondre : le garçon arrivait avec la vichyssoise et disposait les assiettes devant eux. Le potage était accompagné d'un grand pot de beurre et d'une corbeille d'argent contenant des petits pains croustillants. Nadia était visiblement tenaillée par la faim. Pourtant, au lieu de se précipiter sur la nourriture, elle attendait comme si elle comptait les secondes avant d'avancer la main vers la corbeille. Puis, lentement – et Warren sentait qu'elle faisait un effort de volonté pour se conduire en jeune fille bien élevée –, elle rompit un petit pain, se mit à le beurrer avec des gestes étudiés et attendit encore un instant avant de le porter à sa bouche. Feignant de ne pas remarquer son hésitation, Warren trempa ses lèvres dans la flûte où le garçon venait de lui verser un peu de champagne, puis il esquissa un petit geste d'approbation. Les deux flûtes une fois remplies, il demanda de l'eau minérale. Pendant ce temps, Nadia avait lentement et avec délicatesse avalé une cuillerée de potage. Warren avait l'impression – mais peut-être était-ce un effet de son imagination – qu'un peu de couleur apparaissait déjà aux pommettes de la jeune fille. Lorsqu'elle eut achevé son potage, elle but une gorgée d'eau d'Évian.

– Et maintenant, un peu de champagne, conseilla son compagnon. Cela vous ouvrira l'appétit.

– Croyez-vous que j'aie besoin d'un stimulant pour cela ?

– Je sais par expérience que lorsqu'on est resté longtemps sans manger et que l'on croit avoir beaucoup d'appétit, une fois la nourriture devant soi, on n'éprouve plus la moindre faim.

– Avez-vous appris cela en Afrique ?
– Oui, parmi un grand nombre d'autres choses.
– J'aimerais vous en entendre parler.
– Cela vous intéresse-t-il vraiment, ou bien faites-vous semblant ?

Pour la première fois, Nadia fit entendre un petit rire.

– Cela m'intéresse, car je dois admettre que je n'ai songé depuis bien longtemps à rien d'autre qu'à mes propres ennuis.
– Quand avez-vous perdu votre mère ?

Pendant un instant, il crut qu'elle n'allait pas répondre.

– Il y a deux jours, dit-elle enfin d'une voix sourde. Et elle a été... enterrée ce matin.

Puis, comme si elle sentait confusément ce qu'il désirait savoir sans oser le demander, elle ajouta :

– J'ai vendu son alliance, ses vêtements et tout ce que je possédais pour payer les obsèques. Malgré cela, le prêtre a dû puiser dans sa caisse de secours pour m'aider.

Elle avait prononcé les mots « caisse de secours » comme s'ils avaient constitué une insulte.

– Je comprends, dit Warren. Vous ne possédez donc rien d'autre que ce que vous avez sur vous.
– Sommes-nous... tenus de parler de cela ?
– C'est pourquoi nous sommes ici.
– Très bien, soupira Nadia. Autant vaut que vous sachiez toute la vérité. Je n'ai rien, c'est vrai, et j'ignore où je vais pouvoir dormir ce soir. Dans de telles circonstances, vous concevez que la Seine ait pu m'attirer. Vous paraissez croire qu'il fallait absolument m'empêcher d'agir à ma guise. Mais on découvre chaque jour des cadavres dans le fleuve, et personne n'a retenu ces personnes sur la berge.
– Vous êtes donc une de celles qui ont eu de la chance. Ou de la malchance s'il vous plaît de le voir ainsi.

Warren se demandait ce qu'il allait encore lui dire lorsqu'on apporta le poulet à la crème accompagné de légumes et de pommes de terre sautées. Comme il l'avait prévu, Nadia ne put en manger qu'une minuscule portion, bien qu'elle eût avalé quelques gorgées de champagne. Elle posa son couteau et sa fourchette, tout en tournant vers son compagnon un regard suppliant :

– Pardonnez-moi... vous avez été si bon... mais vous aviez raison, il m'est impossible de manger davantage.

Le garçon ôta les assiettes, et Warren commanda du café.

– Et maintenant, reprit-il en s'adressant à la jeune fille, si vous m'expliquiez comment il se fait que vous soyez dans une telle situation, alors que vous avez visiblement de l'éducation et que vous êtes ce que l'on a coutume d'appeler... une jeune fille de bonne famille.

À sa grande surprise, elle se raidit et détourna encore ses regards.

– Je ne voudrais pas me montrer impolie, dit-elle, mais... il m'est impossible de répondre à cette question.

– Pour quelle raison ? J'aimerais comprendre.

Elle joignit nerveusement les mains, sans doute consciente du ridicule de son obstination.

– C'est une histoire que je ne peux raconter... à personne, reprit-elle au bout d'un instant. Mais... ma mère et moi sommes venues à Paris parce que... nous nous cachions. Et notre argent a fondu peu à peu. Ensuite, maman est tombée malade.

– Et vous avez tout dépensé pour la soigner, je suppose.

– Oui, mais les médecins n'ont pas pu la sauver. D'ailleurs, comme elle souffrait et que je ne pouvais lui payer une bonne nourriture et les soins qui auraient été nécessaires... peut-être vaut-il mieux qu'elle soit morte. Je veux dire... pour elle, naturellement.

– Je vous comprends, murmura Warren d'un air compatissant. Il n'y a rien de pire que de voir souffrir un être cher sans pouvoir le soulager efficacement.

Tout en parlant, il songeait à son père, et il comprenait combien une telle épreuve avait dû être douloureuse pour une jeune fille visiblement bien née comme celle qui était assise auprès de lui en ce moment.

– J'aimerais que vous me racontiez toute l'histoire, reprit-il.

Nadia hocha tristement la tête.

– Je... ne peux pas faire cela. Mais je vous remercie tout de même pour cet excellent repas.

Elle tourna une fois de plus la tête vers lui, comme si elle s'attendait à le voir se lever, et il comprit ce qu'elle ressentait.

– Vous ne pensez tout de même pas que je vais m'en aller en vous laissant ici ? Même si je vous donnais de l'argent, il me serait impossible de dormir de la nuit. Je me demanderais jusqu'au jour ce que vous êtes devenue.

Il sourit avant d'ajouter :

– Je suis sûr que vous éprouveriez les mêmes sentiments à ma place. Nous souhaitons tous savoir la fin d'une histoire commencée.

– Peut-être celle-là n'aura-t-elle pas de fin.

– Sottises ! Vous savez parfaitement que ce n'est pas vrai. Un chapitre est terminé, mais à votre âge – et au mien aussi, je l'espère – les prochains chapitres seront peut-être plus agréables que celui qui vient de s'achever.

Nadia le fixa de ses grands yeux étonnés qui semblaient manger son étroit visage.

– Que... puis-je faire ? balbutia-t-elle.

Cela ressemblait au cri d'une enfant qui a peur de l'obscurité.

– Une idée soudaine vient de me venir, un

peu comme si quelqu'un me l'avait soufflée à l'oreille, mais j'hésite à vous en faire part.

– Dites-la tout de même.

– Très bien. Je vais courir le risque de vous entendre me déclarer qu'elle est absurde. Pourtant, elle est déjà bien ancrée dans mon esprit, et il me semble la voir prendre sa place comme une pièce dans un jeu de patience.

– Vous éveillez ma curiosité.

Mais il y avait une lueur d'inquiétude dans son regard. Elle devait redouter que la proposition ne fût ce qu'elle avait craint au premier instant de leur rencontre. Comme s'il lisait dans les pensées de la jeune fille, Warren savait qu'elle calculait en silence la distance qui séparait son siège de la porte. S'il lui suggérait ce qu'elle appréhendait, elle pourrait toujours se lever, sortir en courant du restaurant et se trouver dans la rue, hors d'atteinte, avant qu'il n'eût lui-même franchi la porte.

– Ce n'est pas ce que vous croyez, dit Warren d'un ton calme.

La méfiance céda la place à la surprise dans les yeux de Nadia, consciente du fait que son compagnon avait lu dans ses pensées. Et le rose qui colora soudain ses joues donna à son visage une extraordinaire séduction.

3

Warren poursuivit en choisissant soigneusement ses mots :

– Je suis arrivé à Paris ce soir après avoir passé en Afrique près de dix mois au cours desquels je n'ai reçu d'Angleterre ni lettres ni journaux.

Nadia l'écoutait maintenant avec la plus grande attention.

– Si je suis parti, c'est parce qu'une femme à qui j'étais secrètement fiancé a changé d'avis au dernier moment : elle a rencontré un homme ayant une position sociale plus avantageuse que la mienne et a jugé qu'un titre de noblesse était préférable à l'amour.

Il s'efforçait de s'exprimer de cette voix calme qu'il avait adoptée toute la soirée, mais il ne pouvait s'empêcher de se remémorer les sentiments qu'il avait éprouvés lorsque Magnolia lui avait annoncé qu'elle comptait épouser Raymond. De plus, la fourberie dont elle faisait preuve dans sa lettre pour tenter de se glisser de nouveau dans sa vie ne pouvait qu'accroître son irritation. Et l'intonation de sa voix s'en ressentit, ainsi que l'expression de son visage.

– Ce soir, lorsque je suis allé flâner sur les quais, je me demandais comment, à mon retour en Angleterre, j'allais pouvoir éviter les scènes que ne manquera pas de m'infliger une femme incapable de dire la vérité. À présent, je n'ai plus aucune envie de me suicider; en revanche, il me paraîtrait aisé de commettre un meurtre.

S'il avait eu l'intention d'effrayer Nadia, la réussite était complète. La jeune fille écarquilla ses grands yeux et ses mains se crispèrent, comme si la violence de ces paroles la concernait personnellement. Mais Warren se rappela aussitôt sa jeunesse, sa faiblesse, et il continua sur un ton différent :

– Pardonnez-moi, je n'aurais pas dû parler ainsi, mais je voudrais que vous compreniez la situation et que... vous m'aidiez.

Elle ne répondit qu'après un instant de silence.

– J'aimerais pouvoir le faire, bien sûr, mais je ne vois pas bien comment cela me serait possible.

– Ce soir, sur les bords de la Seine, je ne songeais qu'à la vengeance. Je me demandais de quelle manière je pourrais faire du mal à une femme qui m'avait fait souffrir au point que, tout comme vous, j'avais songé à mettre fin à mes jours. Une dizaine d'idées différentes m'ont traversé l'esprit, et l'une d'elles a particulièrement retenu mon attention : engager une actrice qui m'accompagnerait en Angleterre.

Une lueur de surprise passa dans les yeux de Nadia.

– Dans quel but ?

– La seule façon de prouver à la personne dont je vous ai parlé que je ne m'intéresse plus à elle, c'est de paraître rentrer en Angleterre au bras d'une épouse ou d'une fiancée.

Nadia conservait une immobilité absolue, et elle le fixait comme si elle cherchait à lire le fond de sa pensée.

– Aviez-vous... réellement l'intention de... d'engager cette actrice ?

– Ce n'était qu'une idée folle et pratiquement irréalisable puisque je dois partir demain matin et que j'ai déjà prévenu ma mère de mon arrivée.

– Alors, pourquoi... en parler encore ? demanda la jeune fille à voix si basse qu'il entendit à peine sa question.

– Parce qu'il semble que le destin vous ait placée sur mon chemin à cet instant précis. Ou bien dois-je dire que nos anges gardiens ont décidé de nous faciliter les choses à tous les deux ?

– Je... crains de ne pas comprendre.

– Je suggère tout simplement que vous me suiviez en Angleterre, où vous passerez pour ma fiancée. Nous vous choisirons un nom d'emprunt, de sorte que cela ne pourra vous occasionner le moindre inconvénient. Et, pour que ma vengeance soit plus efficace, nous ajouterons même un titre.

Il avait prononcé ces derniers mots avec une certaine violence; mais, constatant que Nadia retenait un hoquet de surprise, il se maîtrisa et poursuivit d'une voix plus neutre :

– Vous jouerez votre rôle aussi longtemps que ce sera nécessaire. Ensuite, nous pourrons déclarer que nous ne nous entendons pas et je vous verserai une somme suffisante pour vous permettre de vivre dans l'aisance pendant longtemps. J'essaierai aussi de retrouver, du côté des Charrington, des parents susceptibles de s'occuper de vous.

Il s'interrompit en constatant que Nadia le regardait fixement, comme si elle jugeait cette histoire absolument incroyable.

– Je suppose que... vous plaisantez, dit-elle.

– Je n'ai jamais été plus sérieux.

– Mais c'est impossible, voyons ! Comment pourrais-je tenir un tel rôle ?

– Et pourquoi ne le pourriez-vous pas ?

– Vous venez seulement de me rencontrer, vous ne savez rien de moi, et...

– C'est sans importance. L'essentiel, c'est le fait que personne ne vous connaît en Angleterre, de sorte que les gens accepteront ce que je leur dirai sans se poser de questions.

– Je commettrais des erreurs... je vous trahirais...

– Je ne vois aucune raison qui puisse le laisser supposer. Ce serait peut-être une erreur de faire de vous une Anglaise; les étrangers, par contre, ne sont pas censés connaître à fond l'étiquette de la vie mondaine de mon pays.

Nadia détourna un instant ses regards; puis, contre toute attente, elle se mit à rire.

– Je ne puis croire que tout cela soit vrai. Je dois rêver; ou alors, je suis en train de tenir sans le vouloir un rôle dans une très étrange comédie.

– En ce qui me concerne, c'est un drame qui pourrait bien se transformer en tragédie.

Warren se rembrunit au souvenir du désespoir

dans lequel il sombrait lorsque Edward était venu le rejoindre au club et combien avaient été poignantes, durant des mois, les souffrances que lui avait infligées Magnolia. C'est seulement au moment où l'inconfort et les difficultés de la vie dans le désert l'avaient presque entièrement accaparé que son souvenir avait cessé de le hanter. Malgré cela, il savait que ces souffrances avaient laissé des cicatrices dans son esprit et dans son cœur pour le restant de ses jours.

Tandis qu'il se remémorait ces événements, Nadia avait réfléchi à ce qu'il venait de lui dire.

– Et supposez, suggéra-t-elle, que lorsque vous reverrez cette... personne, vous constatiez que vous l'aimez encore suffisamment pour lui pardonner comme elle le souhaite.

– Jamais !

En prononçant ce mot, il s'était senti repris d'un accès de fureur, et il avait abattu son poing sur la table.

– Jamais ! répéta-t-il. Jamais ! Que ceci soit bien clair, Nadia : j'en ai terminé avec l'amour, et si je me marie un jour pour avoir un héritier, ce sera un mariage de convenance. C'est ce que font souvent les Français, et cela réussit fort bien dans la plupart des cas.

Une expression cynique passa sur son visage, et il ajouta d'une voix amère :

– Chat échaudé craint l'eau froide ! Je ne supporterai jamais une nouvelle humiliation.

– Je comprends vos sentiments, dit Nadia. Mais peut-être vaut-il mieux que vous ayez appris à connaître cette personne avant qu'elle ne devienne votre femme... plutôt qu'après le mariage.

C'était là une évidence qui n'avait jamais effleuré la pensée de Warren. Mais il imaginait à présent les sentiments qu'il aurait éprouvés si, après son mariage, Magnolia s'était mise à regretter Raymond. De plus, elle aurait été profondément déçue de ne pouvoir ni vivre à Buckwood ni devenir marquise. Il aurait certes essayé de lui plaire par tous les moyens, il se serait arrangé pour qu'elle soit satisfaite du petit manoir dans lequel ils auraient vécu. Mais il comprenait qu'il aurait enduré un lent et douloureux supplice. Mieux valait, de toute évidence, supporter crânement le coup brutal que lui avait porté Magnolia et qui avait bien failli l'abattre. Il ne voulait plus songer à ce qui aurait pu être.

– Occupons-nous de la situation telle qu'elle se présente, reprit-il brusquement. Acceptez-vous de m'aider ?

– Croyez-vous vraiment que j'en sois capable ?

– Me permettez-vous de parler avec franchise ? dit-il en la fixant droit dans les yeux. Je sais sans que vous le disiez que vous avez reçu une bonne éducation, et si vous étiez bien nourrie, bien habillée, vous seriez d'une beauté saisissante.

Il s'exprimait d'une manière parfaitement impersonnelle, comme s'il dressait un bilan des qualités de Nadia. Pourtant une rougeur envahit le doux visage de la jeune fille, la faisant paraître non seulement très jeune mais aussi tellement humaine. Elle était si pâle, si menue, si malheureuse qu'elle lui avait d'abord paru détachée de la réalité; mais maintenant, elle était semblable à une enfant qui vient de recevoir un compliment.

Elle poussa un petit cri.

– Vous avez dit « bien habillée ». Mais je vous ai déjà expliqué que je ne possède rien. J'ai tout vendu... même mes chaussures.

– Nous devons donc agir sans perdre un instant.

Il tira sa montre en or de la poche de son gilet. Elle marquait onze heures et demie. Il leva la main pour attirer l'attention du maître d'hôtel. Ayant réglé l'addition, il se leva et entraîna sa jeune invitée.

– Venez ! dit-il. Nous allons essayer de trouver une voiture. Ensuite, je vous dirai où nous nous rendrons.

Il sentait que Nadia se demandait encore si elle allait agir selon les désirs de son compagnon, ou bien si elle devait s'enfuir et se précipiter vers la Seine sans être arrêtée par personne. Pourtant, comme si sa jeunesse et une force intérieure irrésistible lui soufflaient qu'il valait mieux vivre que mourir, son visage s'éclaira d'un pâle sourire. Ils longèrent la rue jusqu'au carrefour, où ils prirent un fiacre.

– Rue de Rivoli, au marché de nuit, ordonna-t-il.

– Bien, monsieur, répondit le cocher en touchant de son fouet la visière de sa casquette, visiblement impressionné par l'allure de son client.

– Pourquoi me conduisez-vous là ? demanda Nadia dès qu'ils furent assis côte à côte dans la voiture.

– Parce que c'est le seul magasin qui soit ouvert à cette heure tardive. Or, il faut absolument que je vous achète un manteau, peut-être aussi un chapeau, avant de vous emmener à mon hôtel.

Elle lui jeta dans l'ombre un regard chargé d'inquiétude, et il s'empressa d'ajouter :

– Je me propose de demander à la gérante de vous trouver les vêtements indispensables pour votre voyage jusqu'en Angleterre. Là-bas, ma mère s'emploiera à vous remplacer tous ceux que vous avez perdus.

– Croira-t-elle à cette histoire ?

– N'en doutez pas. Mais, pour le moment, il nous faut inventer une explication plausible à l'intention de Mme Blanc, la gérante de l'hôtel, qui ne manquera pas de faire preuve de curiosité.

Warren retomba dans le silence, tandis que le fiacre traversait la Seine sur le Pont-Neuf pour atteindre la rue de Rivoli. Dans sa partie élégante, à proximité de la place de la Concorde, les boutiques étaient naturellement fermées. Mais Warren s'était souvenu que, dans le quartier du Louvre, où se trouvaient les grands magasins, un certain nombre de petits commerces restaient ouverts jusqu'à une heure avancée. Il y avait également un marché où on pouvait acheter des produits alimentaires, ainsi que toutes sortes d'objets étranges que les Français considéraient comme de bonnes affaires.

Lorsque la voiture fit halte, Warren descendit et demanda au cocher d'attendre. Ils se mêlèrent à la foule des gens qui sortaient des restaurants ou des théâtres, se frayèrent un passage à travers les passants et les badauds, et parvinrent enfin à une petite boutique éclairée.

Dans la vitrine, on apercevait des robes voyantes et des sous-vêtements aguichants. Mais, à l'intérieur, étaient suspendus sur des cintres ces longs manteaux que les Parisiennes portaient par-dessus leurs robes de soirée. Le premier qui attira l'œil de Warren était trop voyant. Il en choisit un autre en tissu bleu sombre et le plaça sur les épaules de Nadia. Il lui arrivait presque aux chevilles, dissimulant sa robe usée, et il lui allait à merveille.

– Il vous faut maintenant choisir un chapeau, annonça Warren.

Il y en avait de tous les genres : en paille, en velours, certains ornés de plumes ou de fleurs.

Nadia hésita un moment. Puis, avec un goût très sûr, elle en choisit un de forme classique mais qui avait incontestablement une touche de chic parisien. C'était un feutre léger, de petites dimensions et orné d'une simple plume noire piquée dans le ruban qui entourait la coiffe. L'ayant placé sur sa tête, elle se tourna vers son compagnon en quête d'approbation.

– Parfait, dit-il.

Il régla les achats à une vendeuse lasse et indifférente et qui attendait visiblement avec impatience l'heure de la fermeture.

– Vous allez avoir un rôle à jouer, dit le jeune homme tandis que la voiture parcourait la rue de Rivoli, et il m'intéressera de voir jusqu'à quel point vous êtes bonne actrice.

– Vous m'effrayez.

– Vous n'avez aucune raison d'avoir peur de Mme Blanc qui, pourtant – je dois l'admettre –, m'impressionnait quelque peu autrefois.

Nadia comprit qu'il plaisantait.

– Expliquez-moi vite ce que j'aurai à faire, dit-elle.

– Ma foi, la situation est plutôt bizarre. J'ai quitté l'hôtel avant de dîner en annonçant au gérant que j'étais obligé de repartir pour l'Angleterre demain matin à la première heure. Et voilà que je reviens en compagnie d'une très belle jeune femme. Les Français ne voient jamais qu'une seule explication possible à un événement de ce genre.

Il poursuivit sans attendre la réaction de Nadia.

– Il y a une question que j'aurais déjà dû vous poser : parlez-vous une autre langue que l'anglais ou le français ?

Il sentit que Nadia hésitait sur la réponse à fournir. Il était étrange qu'il pût ainsi lire dans les pensées de sa compagne et qu'il eût conscience du moment où il atteignait un point qu'elle aurait voulu tenir secret. Pourtant, il ne trouvait nullement surprenante cette sorte de perspicacité. Son instinct lui en disait beaucoup plus que ce qu'il aurait pu exprimer en paroles.

– Je parle aussi... le hongrois, répondit Nadia après une légère hésitation.

– C'est exactement ce que j'espérais. Ou plutôt je pensais que ce serait une de ces langues des Balkans que la plupart des gens ignorent lamentablement.

Il lui sourit dans la pénombre de la voiture pour ajouter :

– Cela cadrera parfaitement avec l'histoire que nous raconterons à notre arrivée en Angleterre, de sorte que vous n'aurez même pas besoin de changer d'identité.

– Cela ressemble à un roman ! s'écria Nadia.

– Il nous appartient de rendre l'histoire crédible.

– Bon. Alors... je suis hongroise.

– Indiquez-moi un nom hongrois.

– Ferrais... ou bien Kaunitz.

– Ferrais fera l'affaire. Et votre père est un noble extrêmement riche.

La jeune fille ne faisant pas de commentaire, il poursuivit :

– Tellement riche que vous avez été enlevée alors que vous vous rendiez à Paris, puis rançonnée. Et les hommes qui vous ont capturée étaient dépourvus de toute pitié. Ils vous ont affamée, vous ont volé vos vêtements, vos bijoux et tout ce que vous possédiez. Puis ils se sont mis en rapport avec votre père et lui ont fait savoir qu'il ne vous retrouverait en vie qu'en leur versant une énorme somme d'argent.

Warren parlait avec autant de conviction que s'il avait vu se dérouler devant ses yeux les événements qu'il inventait.

– Vous rendez tout cela... terrifiant, commenta la jeune fille.

Mais un petit rire discret accompagnait ses paroles.

– Et aujourd'hui, continua son compagnon, j'ai découvert par le plus grand des hasards dans mon courrier une communication anonyme me précisant l'endroit où je vous retrouverais. Vos geôliers n'imaginant pas que l'on pût vous porter secours, il m'a été possible de vous délivrer à leur insu.

Nadia battit des mains.

– C'est exactement comme dans un des romans d'amour que maman ne voulait jamais me laisser lire.

– Eh bien, à présent, vous allez vivre ce roman au lieu de le lire. Et vous allez avoir à tâche de le rendre convaincant.

– Pour Mme Blanc ?

– Exactement. Car nous comptons sur elle non seulement pour croire à votre histoire mais encore pour vous procurer des vêtements qui vous rendront attrayante en dépit des privations dont vous avez souffert entre les mains de vos ravisseurs.

– Pensez-vous vraiment qu'elle nous croira ?

– Cela dépendra en grande partie de la manière dont vous raconterez votre fable.

Lorsque, quelques heures plus tard, Warren se retrouva dans sa chambre, il resta un moment devant la fenêtre à admirer le clair de lune sur la capitale. Et il flottait sur ses lèvres un sourire de satisfaction qui ne s'y trouvait pas la dernière fois qu'il s'était tenu, déprimé et soucieux, devant cette même fenêtre.

En racontant son histoire dramatique à M. et Mme Blanc, dans le bureau de l'hôtel, il avait été frappé par la profonde attention qu'ils lui portaient, et il était persuadé que Nadia ne le décevrait ni en France ni de l'autre côté de la Manche. Elle avait admirablement joué le rôle de la jeune fille bouleversée et terrorisée, brutalement enlevée et soumise aux horreurs de la captivité. Elle avait sagement évité d'insister sur les détails de ses épreuves, mais son visage amaigri et ses yeux immenses étaient assez pathétiques pour remplir de sympathie le cœur sensible de Mme Blanc.

– Il m'était impossible d'amener ma cousine chez vous dans l'état pitoyable où elle se trouvait, expliqua Warren, et je lui ai acheté quelques vêtements au marché de la rue de Rivoli. Mais vous comprendrez qu'il faut absolument lui trouver quelque chose de mieux pour entreprendre le voyage d'Angleterre.

– Je puis sans difficulté vous procurer les vêtements indispensables, déclara la gérante de l'hôtel; mais il faut attendre l'ouverture des boutiques, car Mademoiselle doit avoir ce qui se fait de mieux.

– Bien sûr ! renchérit Warren. La question d'argent ne compte pas.

Il songeait à l'immense fortune qu'il allait hériter en prenant la place de son oncle. Pour la première fois de sa vie, il n'aurait pas besoin de compter. Il précisa à Mme Blanc que le père de Nadia rembourserait toutes les dépenses et qu'il serait donc stupide d'acheter des articles bon marché que l'on mettrait au rebut dès leur arrivée en Angleterre.

– Ma cousine est habituée à avoir des vêtements qui font l'envie de toutes ses amies, ajouta-t-il avec un sourire. Je vous fais donc confiance pour remplacer ceux qui lui ont été volés.

– C'est entendu, déclara Mme Blanc.

Puis elle se tourna vers son mari pour lui demander combien de temps elle aurait à sa disposition avant le départ du train que comptait prendre Mr Wood. Il fut finalement convenu que Mr Wood et sa jeune cousine prendraient le second train pour Calais, lequel assurait la correspondance avec le bateau de l'après-midi. Cela les ferait arriver plus tard que prévu, mais il était impossible à Warren d'emmener Nadia en Angleterre sans qu'elle fût décemment vêtue. Il n'avait en effet aucune intention de raconter à sa mère ou à quiconque, de l'autre côté de la Manche, cette fable d'enlèvement, uniquement conçue à l'usage des Français. En Angleterre, il se proposait de déclarer qu'il avait fait la connaissance de Nadia à Paris au moment où il partait pour l'Afrique, qu'ils étaient tombés aussitôt amoureux l'un de l'autre et que la jeune fille était ensuite venue l'attendre à Marseille à son retour. Cette version lui paraissait plausible, étant donné que personne hormis Edward ne savait combien de temps il avait séjourné à Paris avant de s'embarquer pour l'Afrique. Tout cadrait parfaitement, et il n'était pas mécontent de l'intrigue qu'il avait mise au point.

Après avoir longuement discuté dans le bureau de la direction, il se rendit compte que sa protégée paraissait fatiguée et devait aller se reposer.

– Je suis sûr, dit-il à Mme Blanc avec cette amabilité à laquelle aucune femme ne pouvait résister, que vous voudrez bien veiller sur ma cousine cette nuit et lui tenir lieu de chaperon.

– Mais certainement, monsieur. Elle pourra occuper la chambre de ma propre fille qui réside en ce moment chez des amis.

– Je vous remercie.

Mme Blanc se retira avec Nadia, à qui elle fit prendre une boisson chaude avant de l'accompagner à sa chambre où elle l'aida à se déshabiller. Elle fut horrifiée à la vue de sa tenue et promit que, dès le lendemain matin, elle aurait les plus belles robes de Paris, ainsi que des manteaux, des chapeaux, des gants, des chaussures et tous les objets qu'il serait possible de se procurer dans un délai aussi court.

– Voici ce que j'ai l'intention de faire, expliqua-t-elle de sa voix ferme et décidée. À la première heure, j'irai voir ce qui est disponible dans votre taille. Étant donné que vous êtes très mince, il ne devrait pas y avoir de difficultés. Ensuite, quand vous aurez pris votre petit déjeuner, une de mes employées vous conduira jusqu'à moi pour savoir si vous approuvez le choix que j'aurai fait.

– Je suis certaine que ce que vous choisirez sera ravissant et très chic, dit Nadia.

Le sourire de Mme Blanc lui laissait comprendre qu'aucune Française ne pourrait résister à l'occasion qui se présentait de dépenser une somme illimitée, même si les vêtements étaient destinés à une autre femme.

Nadia était effectivement épuisée, et elle sombra dans un sommeil profond dès qu'elle eut posé la tête sur l'oreiller. Mme Blanc regagna alors le bureau où son mari était encore en conversation avec Warren.

– *La pauvre petite est très fatiguée* (1), dit-elle.

– J'espère que le voyage jusqu'en Angleterre ne sera pas trop pénible pour elle, mais il faut absolument que je rentre demain, expliqua Warren.

– J'ai compris que vous étiez pressé de retourner en Angleterre pour des affaires de famille, dit Mme Blanc, mais je n'ai pas voulu vous en parler plus tôt.

– Que voulez-vous dire ?

Le gérant prit un exemplaire du *Times* qui se trouvait sur son bureau et indiqua à Warren un entrefilet au bas de la première page. C'était à peu près ce à quoi s'attendait Warren.

MORT D'UN NOBLE ANGLAIS BIEN CONNU

C'est avec un profond regret que nous apprenons aujourd'hui le décès du marquis de Buckwood survenu dans son domaine du comté d'Oxford...

Le journal poursuivait en décrivant la place importante que le défunt avait tenue à la cour, parlait de ses vastes domaines et rappelait sa visite en France lors de l'Exposition universelle, avant d'ajouter :

Le fils unique du marquis est lui aussi décédé

(1) En français dans le texte.

récemment des suites d'un accident de cheval. L'héritier du titre est donc son neveu, Mr Warren Wood, qui voyage à l'étranger depuis plusieurs mois et n'est pas encore au courant de sa nouvelle position sociale. Les hommes d'affaires du défunt marquis s'efforcent en ce moment d'entrer en contact avec le nouveau tenant du titre.

Sa lecture achevée, Warren posa le journal sur le bureau.

– Mes condoléances, dit le gérant. Et mes félicitations en même temps.

– Je vous remercie. Vous comprenez pourquoi je dois rentrer chez moi dans les plus brefs délais.

– Bien sûr. Mais comme ma femme le faisait remarquer tout à l'heure, il est impossible de se procurer des vêtements avant l'ouverture des boutiques.

– Pourtant, en de telles circonstances, les vêtements prennent une importance considérable.

– Vous ne désirez pas, intervint la gérante, que j'achète des vêtements noirs pour la jeune demoiselle ?

Warren réfléchit rapidement, se souvenant que Nadia était en deuil de sa mère. Mais en même temps, il songea que ce genre de vêtements dérangerait ses plans si – comme cela s'était produit avec Magnolia – il était impossible d'annoncer les fiançailles en raison du deuil qui frappait la famille.

– Non, répondit-il. Nous sommes apparentés par la famille de ma mère, et elle n'a pas à porter le deuil de mon oncle.

– Je m'en réjouis. Ainsi que je le faisais remarquer tout à l'heure à mon mari, les vêtements noirs nous font ressembler à des corbeaux.

Warren sourit, car il savait que s'il existe un pays au monde où on est capable de rendre les vêtements de deuil attrayants et même séduisants, c'est bien la France. De petites touches de blanc sur une robe noire, la transparence d'une mousseline ou d'une dentelle sur la peau, tout cela était fort différent des crêpes lourds, de la profusion de noir et de la tristesse d'un deuil britannique.

– J'aimerais, reprit-il, que vous fassiez paraître ma jeune cousine aussi jeune et aussi belle qu'elle l'était avant de tomber aux mains de ces bandits qui l'ont séquestrée.

– J'espère qu'ils auront le châtiment qu'ils méritent.

– Le comte son père y veillera, soyez-en sûre. Mais, de toute façon, il vaut mieux qu'elle ait quitté la France avant qu'il ne se produise un autre événement fâcheux. Les individus de cette espèce peuvent devenir extrêmement dangereux dès que l'on se dresse contre eux.

– C'est bien vrai. Il faut donc que vous puissiez prendre le second train ainsi que mon mari l'a suggéré.

– Tout est arrangé, intervint ce dernier. Un compartiment réservé, la meilleure cabine sur le bateau, ainsi qu'un courrier qui vous accompagnera et s'occupera de tout.

– Je vous en suis infiniment reconnaissant, répondit Warren.

Quelques instants plus tard, debout à la fenêtre de sa chambre, il réfléchissait. Toute sa vie avait changé comme par un coup de baguette magique. Dorénavant, il y aurait des courriers, des valets de chambre et des valets de pied pour le servir, des secrétaires, des régisseurs, ainsi que les hommes d'affaires qui secondaient son oncle dans la gestion de ses domaines. Tous ces gens-là veilleraient à ce que chacune de ses demeures fonctionnât comme une machine bien huilée, sans anicroche, sans les problèmes qui auraient pu troubler son sommeil.

– J'ai de la chance, murmura-t-il. Une chance incroyable.

Ayant tiré les rideaux de la fenêtre sur le clair de lune, il gagna son lit.

Assis à côté de Nadia dans le compartiment réservé du train-paquebot qui les conduisait de Douvres à Londres, Warren se disait que, si sa jeune compagne paraissait encore un peu fatiguée, elle était, en revanche, séduisante à l'extrême. Durant la traversée de la Manche, elle avait dormi dans une confortable cabine, tandis que lui-même parcourait le pont, respirant à pleins poumons l'air du large et admirant les derniers rayons du soleil qui jouaient sur une mer d'huile. Il appréciait sans oser se l'avouer le luxe dont Nadia et lui-même avaient joui jusque-là, non seulement parce qu'il était si différent de l'inconfort dont il avait souffert en Afrique, mais aussi parce que ce luxe préfigurait son existence future. Il n'avait pas encore fait part à Nadia de son nouveau titre, mais avisée comme elle était, elle avait paru intriguée lorsque, à un certain moment de la conversation, le gérant de l'hôtel avait appelé Warren « my Lord ». Il jugea le moment venu de fournir une explication à la jeune fille.

– Hier soir, vous vous étiez déjà retirée pour la nuit lorsque le gérant de l'hôtel m'a montré un numéro du *Times* dans lequel on annonçait le décès de mon oncle, expliqua-t-il à sa compagne.

– Croyez bien que je suis navrée...

– J'étais déjà au courant par une lettre de ma mère. Après la mort de son fils, mon oncle avait eu une attaque et se trouvait dans le coma depuis lors. Ce qui signifie que je suis désormais le sixième marquis de Buckwood.

Nadia garda le silence pendant un moment.

– Cela vous donne-t-il l'impression d'être un personnage très important ? demanda-t-elle.

– Certes. D'autant que je ne m'étais jamais attendu à hériter ce titre et les domaines qui l'accompagnent.

– J'en suis heureuse pour vous, mais cette situation va terriblement irriter la jeune fille qui souhaitait vous épouser.

– Terriblement, en effet, acquiesça Warren avec un petit sourire de satisfaction.

Puis, comme s'il ne désirait pas trop parler de lui-même, il ajouta :

– Il nous faut maintenant revoir notre histoire afin de nous assurer avant notre arrivée que vous savez votre leçon sur le bout du doigt.

– J'ai tellement peur de commettre des erreurs... et alors, vous serez très fâché.

– Je vous promets que non. D'ailleurs, après la façon dont vous vous êtes tirée hier soir de notre conte fantastique, je suis certain qu'une fortune vous attend sur la scène de Drury Lane (1).

La jeune fille se mit à rire à ce qui lui apparaissait comme une impossibilité germée dans l'imagination de son compagnon de voyage.

– À en juger par la quantité de bagages que vous possédez maintenant, reprit celui-ci, je ne pense pas qu'il soit urgent de courir les magasins de Londres. Vous pouvez faire face à la situation pendant plusieurs semaines.

– Je crains de vous avoir fait dépenser beaucoup d'argent.

– C'est sans importance. Il vous fallait être dans la peau du personnage.

– Alors, je devrais y être, répondit Nadia à voix basse, car je n'ai jamais vu des robes aussi somptueuses. Je n'imaginais même pas qu'il fût possible d'en acheter un aussi grand nombre en si peu de temps.

(1) *Drury Lane* : célèbre théâtre de Londres, surtout spécialisé dans la comédie musicale *(N.d.T.)*.

Elle fit entendre un petit rire cristallin avant de continuer :

– Mme Blanc a dû passer toute la nuit à frapper aux portes des couturiers. En fait, elle m'a avoué que dans une des boutiques, les ouvrières avaient reçu une prime spéciale pour prendre leur travail à quatre heures du matin afin de terminer une robe de mariée.

Warren se mit à rire à son tour.

– Elles n'ont pas dû être ravies de voir se présenter une autre cliente.

– Il paraît que si, car cette jeune mariée a également commandé trois autres robes qui lui seront livrées plus tard.

Warren rit de nouveau.

– Il y a une chose à laquelle les Français excellent réellement, c'est de tourner toutes les situations à leur avantage. Les robes confectionnées dans ces conditions sont évidemment vendues plus cher, mais je suis certain que celles-là valaient leur prix.

– J'espère que c'est aussi ce que vous penserez des miennes, mais je suis tout de même extrêmement gênée de vous avoir occasionné de telles dépenses.

– Je serais prêt à payer cent fois plus pour être sûr de créer l'effet que je recherche.

Sa voix avait repris des intonations dures et chargées d'amertume, si bien que Nadia le considéra d'un air craintif. Elle comprit toutefois que sa réaction était la conséquence de la violence de ses émotions, aussi se mit-elle à parler d'autre chose, lui posant des questions sur l'histoire de Buckwood et lui demandant de lui décrire les membres de la famille qu'elle allait rencontrer.

Elle semblait avoir très vite saisi les divers degrés de parenté et même les différents titres figurant à l'arbre généalogique de la famille, et Warren, tout en poursuivant son exposé, se disait que ce genre de sujet n'était pas nouveau pour elle. Plus il la regardait, plus il l'écoutait et plus il était persuadé qu'elle avait du sang bleu dans les veines. Bien qu'elle eût refusé de lui fournir des détails complémentaires sur sa vie passée, il sentait l'existence d'un mystère qui l'intriguait et le fascinait. Il eût souhaité connaître son secret. Mais il était trop bien élevé pour risquer de l'indisposer en se mêlant d'affaires qui, après tout, ne le regardaient pas. L'important, c'était de convaincre tout le monde de son intention d'épouser une jeune fille dont il était profondément épris, qui serait, de surcroît, parfaitement à sa place à Buckwood et ferait une exquise jeune marquise.

– J'étais en train de me demander, poursuivit-il, si je ne devrais pas faire de vous une princesse, mais ce ne serait peut-être pas prudent, car il y a sûrement en Angleterre des Hongrois qui connaissent les personnes de sang royal issues de leur pays.

– C'est vrai, répondit Nadia d'un air grave. Étant donné que l'on rencontre en Hongrie des comtes à tous les coins de rue, mieux vaut nous en tenir à ce titre.

Warren n'ignorait pas que, dans ce pays, si un comte a une douzaine d'enfants, chacun d'eux a droit au titre et devient comte ou comtesse, alors qu'en Angleterre le titre n'échoit qu'au seul fils aîné. Toutefois, comme si la jeune fille cherchait à lui faire plaisir, elle s'empressa d'ajouter :

– En revanche, il n'y a pas de raison pour que ma mère n'ait pas eu un peu de sang royal, si vous souhaitez corser votre histoire.

– Ça me paraît être une très bonne idée, admit Warren.

– Il y a, sur la frontière russe, dit Nadia avec une légère hésitation, bon nombre de familles qui se considèrent... de sang royal, bien qu'elles ne jouent aucun rôle dans le gouvernement du pays.

– C'est ce que j'ai entendu dire, reprit Warren avec un sourire, et je trouve votre suggestion fort habile. Vous devez pouvoir me citer le nom de quelque grande famille à laquelle votre mère aurait pu appartenir ?

– Bien sûr. Il y a tant de Rakocicz que personne, hormis un Hongrois, ne serait à même de les énumérer tous.

– Fort bien. Votre mère était donc princesse. Quel prénom suggérez-vous pour elle ?

– Dirons-nous... Olga ?

– Excellent. La princesse Olga ! Et, en tant que fille d'un grand propriétaire terrien, le comte Viktor Ferrais, vous n'êtes évidemment en aucune façon intimidée par le marquis de Buckwood.

– Bien sûr que non, dit Nadia, les yeux brillants. En réalité, ma seule crainte, c'est que ma famille ne le trouve pas assez bon pour moi !

Tous deux se mirent à rire, et Warren se dit qu'il avait eu une chance inouïe lorsque, ayant aperçu une mince silhouette de femme fixant, fascinée, les eaux sombres de la Seine, il avait aussitôt compris ses intentions.

Il était un peu plus de minuit lorsqu'ils parvinrent enfin au manoir, et Nadia était très fatiguée. Selon les instructions de Warren, des télégrammes avaient été expédiés, la veille au soir, à sa mère et au secrétaire de son oncle à Londres, de sorte que des voitures les attendaient à la gare Victoria. Ils avaient rapidement traversé la capitale pour se rendre à Paddington d'où un autre train les conduirait jusqu'à la station la plus proche de Buckwood. D'autres voitures, d'autres serviteurs, et ils étaient enfin chez la mère de Warren, qui accueillit son fils à bras ouverts.

– Vous devriez être couchée, maman, dit le

jeune homme en l'embrassant. Vous n'auriez pas dû m'attendre.

– J'aurais été incapable de prendre le moindre repos avant de te savoir en sécurité ici, mon cher enfant. Je suis si heureuse de te voir !

Elle l'embrassa de nouveau avant de poser sur Nadia ses yeux emplis d'une curiosité bien compréhensible.

– Maman, reprit Warren d'une voix lente et empreinte de solennité, permets-moi de te présenter la comtesse Nadia Ferrais qui, je suis fier de te l'annoncer, a accepté de devenir ma femme.

Il savait que la nouvelle serait un choc pour sa mère. Mais, ainsi qu'il s'y attendait, elle réagit avec une dignité pleine de grâce.

– J'espère, mes enfants, que vous serez très heureux.

Puis, prenant la main de Nadia dans la sienne, elle ajouta d'une voix douce :

– Je serai ravie d'avoir une belle-fille capable de veiller sur mon fils et que, j'en suis sûre, j'aimerai de tout mon cœur.

Elle avait parlé avec tant de tendresse et d'émotion que Warren vit les yeux de Nadia se remplir de larmes. Elle devait songer à sa propre mère. De crainte de la voir s'attendrir davantage, il se mit à parler rapidement, expliquant comment il avait fait la connaissance de la jeune fille au moment où il partait pour l'Afrique et comment ils avaient tout de suite compris qu'ils étaient faits l'un pour l'autre. Il ajouta qu'elle l'attendait à Marseille quand il avait débarqué en compagnie d'Edward.

– Naturellement, s'empressa-t-il de préciser, elle était accompagnée d'une de ses vieilles parentes à qui j'ai demandé de venir avec nous en Angleterre; malheureusement, elle était obligée de retourner chez elle en Hongrie.

– J'ai bien pensé que votre nom devait être d'origine hongroise, dit Mrs Wood en s'adressant à Nadia. Et, bien sûr, comme la plupart de vos compatriotes, vous êtes très belle.

– Merci, madame.

– Elle est fatiguée, intervint Warren, et je suggère, maman, qu'elle aille dormir sans plus attendre. Demain, nous vous parlerons plus longuement de nous.

– Tu as raison, mon fils.

Mrs Wood accompagna Nadia jusqu'au premier étage où elle la confia à une vieille servante qui l'aida à se mettre au lit. Lorsqu'elle se fut elle-même retirée dans sa chambre, Warren alla s'asseoir à son chevet.

– Je suis contente que tu aies pu revenir à temps pour assister aux obsèques de ton oncle, dit-elle. De plus, l'annonce de tes fiançailles sera une nouvelle réconfortante pour toute la famille, frappée d'abord par la mort de Raymond et maintenant par celle de ce pauvre Arthur.

– Lorsque j'ai lu votre lettre, je pouvais à peine y croire.

– Cela paraissait effectivement incroyable. Mais, mon cher enfant, dès demain matin, il va te falloir t'occuper de tout. C'est ce que l'on attend de toi désormais.

– Bien sûr, maman, répondit-il en se levant. Et maintenant, si vous le permettez, je vais me retirer, car je voyage depuis longtemps, et je suis fatigué, moi aussi.

– En tout cas, tu as très bonne mine, et j'aime assez ton teint bronzé.

– Au cours de ces derniers mois, j'étais presque aussi noir qu'un Arabe !

– Tu es très beau et je suis sûre que cette ravissante jeune fille te l'a déjà dit.

– Elle a été très malade, maman, et elle est plutôt timide.

– Elle est aussi très jeune et semble tellement douce !

Warren, qui connaissait bien les réactions de

sa mère, sentit au ton de sa voix qu'elle était absolument sincère.

Mrs Wood marqua un léger temps d'arrêt avant de reprendre :

– Tu seras peut-être surpris d'apprendre que Magnolia Keane se trouve en ce moment à Buckwood.

Le jeune homme sursauta.

– À Buckwood ! Mais... pour quelle raison ?

– Elle est arrivée après l'accident de Raymond en compagnie d'une vieille cousine qu'elle appelle son chaperon. Elle semblait alors accablée de douleur. Mais le secrétaire de ton oncle, Mr Greyshott, m'a avoué qu'elle avait posé des tas de questions et précisé qu'elle voulait entrer en contact avec toi.

– J'espère qu'elle n'est pas venue ici ?

– Pas depuis que j'ai refusé de la recevoir après ton départ d'Angleterre.

– Elle avait donc essayé de vous voir à ce moment-là ?

– Elle souhaitait sans doute avoir une explication. Quoi qu'il en soit, elle s'est présentée ici et a demandé à me parler. Je lui ai simplement fait répondre que je ne me sentais pas assez bien pour recevoir des étrangers.

Warren n'ignorait pas que sa mère, quand cela lui convenait, était capable de se débarrasser très habilement des importuns.

– Vous devez comprendre, dit-il, que je n'ai aucun désir de revoir Magnolia. Je n'ai pas eu l'occasion de vous en parler avant mon départ, mais si j'ai quitté l'Angleterre c'est parce qu'elle m'avait annoncé vouloir épouser Raymond.

– Je le savais.

– Comment l'avez-vous appris ? s'informa Warren, curieux.

– Je ne suis pas assez stupide pour ne pas tirer des événements les conclusions qui s'imposent. D'autre part, les domestiques bavardent, et rien ne saurait les en empêcher. C'est regrettable, mais c'est ainsi.

Warren eut un haut-le-corps.

– Voulez-vous dire que les domestiques de Buckwood se sont rendu compte que Magnolia essayait de séduire Raymond alors même que nous étions secrètement fiancés ?

– C'est cela. Et je conçois que tu en éprouves une certaine amertume. En ce qui me concerne, si tu tiens à savoir la vérité, elle ne me plaisait guère, et je n'ai jamais eu confiance en elle.

– Vous avez donc fait preuve de plus de clairvoyance que moi.

– Vois-tu, il est toujours difficile à une femme d'en tromper une autre. Je suppose que certaines ont dû t'aimer pour toi-même; mais j'ai toujours soupçonné Magnolia de faire passer ta position en premier et toi en second.

– Je me sens vraiment stupide, soupira le jeune homme, et en un certain sens, j'ai honte.

– Tu n'as pas le droit d'éprouver un tel sentiment. Mais je remercie tout de même Dieu de t'avoir fait rencontrer une jeune fille digne d'être aimée, qui t'épousera pour toi et non pour ton arbre généalogique.

Warren se mit à rire de bon cœur.

– Nadia affirme que ce n'est qu'un arbuste en comparaison de celui de sa famille.

– Je n'en suis pas autrement surprise. Les Hongrois sont un peuple très fier. En tout cas, mon cher enfant, je te souhaite tout le bonheur possible, et j'ai la conviction profonde que, cette fois, tu vas l'avoir découvert.

Pourtant, lorsqu'il se retrouva dans son lit, Warren se demanda s'il n'était pas blâmable de commencer une nouvelle vie sur un mensonge et une tromperie envers une mère qui lui accordait son entière confiance. Puis il songea que Nadia lui fournissait du moins une excuse pour chasser Magnolia de Buckwood, ce qu'il ferait avec le plus intense plaisir.

– Que le diable l'emporte ! murmura-t-il. Comment a-t-elle osé venir ici, s'imposer à la famille comme si elle avait déjà été la femme de Raymond et, par surcroît, m'envoyer une telle missive ?

Mais, tout en se posant ces questions, il se disait qu'il aurait grand tort de sous-estimer Magnolia, qui se battrait pour atteindre son but avec l'énergie du désespoir et en utilisant toutes les astuces que pourrait lui souffler son esprit tortueux et sournois.

– Il n'y a aucune raison pour que j'aie peur de l'affronter, murmura-t-il encore.

Pourtant, il n'était réellement sûr de rien.

4

Le lendemain matin, à huit heures et demie, Warren prenait son petit déjeuner lorsque Mr Greyshott entra dans la salle à manger. C'était un homme aux cheveux gris, qui avait dépassé la cinquantaine et qu'il avait toujours vu chez son oncle en qualité de secrétaire. Extrêmement compétent, il avait la réputation d'exercer une autorité que nul ne contestait. C'était lui qui, la veille au soir, était venu attendre à la gare Warren et sa jeune compagne.

– Bonjour, Greyshott, dit le nouveau marquis en levant les yeux avec un sourire. Malgré l'heure tardive à laquelle je me suis couché, je suis prêt pour toutes les tâches avec lesquelles vous vous proposez sans doute de me confronter.

– J'espère, my Lord, que vous ne les trouverez pas trop accablantes, répondit le secrétaire.

– Asseyez-vous et parlez-moi des dispositions

qui ont été prises pour la journée de demain, reprit Warren sur un ton plus grave.

Mr Greyshott prit place devant la table, mais refusa d'un geste poli le café que lui proposait Warren. Celui-ci attendit pour reprendre la parole que les domestiques eussent quitté la pièce.

– J'aimerais tout d'abord savoir qui se trouve déjà au château et combien de personnes sont encore attendues ce soir.

– Je pensais bien que Votre Seigneurie me poserait cette question, mais je crains que la liste ne soit fort longue. Jusqu'aux obsèques de votre cousin, je n'avais pas idée qu'il pût exister autant de gens portant le nom de Wood.

– J'ai toujours su que nous étions une grande famille. Mais, jusqu'à présent, je n'ai jamais eu beaucoup à m'en préoccuper.

Mr Greyshott lui tendit la liste sur laquelle il lut les noms de grands-oncles, grands-tantes, oncles, tantes et ceux d'innombrables cousins, sans compter les amis intimes déjà arrivés pour assister aux obsèques du marquis.

– Si tous ces gens-là restent ici, la maison va éclater littéralement, observa Warren.

– Nous pourrons nous arranger, affirma Mr Greyshott d'un ton rassurant. Et si vous voulez bien me permettre d'exprimer ma pensée, je crois qu'ils s'attendent tous à voir Votre Seigneurie s'installer dès ce soir dans les appartements du maître de maison.

Warren ne pouvait que se soumettre à ce qui était une tradition séculaire.

– C'est bien mon intention, répondit-il tout en continuant à parcourir des yeux la liste qu'il tenait entre les mains. Tout en bas, il découvrit les noms qu'il cherchait :

Miss Magnolia Keane
Mrs Douglas Keane

Il releva la tête et choisit ses mots avec soin.

– Je ne vois aucune raison pour que miss Keane séjourne dans cette maison, et je suggère que, si elle veut assister aux obsèques – ce que nous ne pouvons évidemment pas lui interdire – elle aille s'installer dans un hôtel ou chez des amis du voisinage.

Sa voix s'était faite plus dure, et Mr Greyshott ne répondant pas, il poursuivit :

– Comme vous l'avez sans doute appris, ma fiancée réside en ce moment au manoir avec ma mère. Bien entendu, les circonstances présentes nous contraignent à attendre un certain temps avant d'annoncer officiellement nos fiançailles. Néanmoins, j'aimerais que vous vous arrangiez pour faire comprendre à la famille les raisons de la présence de cette jeune fille.

Il lui sembla que le secrétaire le considérait avec une ombre de surprise. Aussi s'empressa-t-il d'ajouter :

– Il me paraîtrait un peu délicat d'aborder moi-même ce sujet dans la situation actuelle, et j'estime qu'il vaudrait mieux que cette nouvelle vînt de vous.

– Il sera fait selon votre désir, répondit le secrétaire. Toutefois, si vous voulez bien me permettre d'exprimer ma pensée, my Lord, je crois que ce serait une erreur de chasser miss Keane.

– Pourquoi ?

– Elle se sentirait offensée et, d'autre part, elle a la sympathie de tous, chacun sachant depuis les obsèques de votre cousin qu'ils étaient fiancés, en dépit du fait que la chose fut tenue aussi secrète que possible.

Warren pinça les lèvres avant de déclarer d'un air intrigué :

– Je ne parviens pas à comprendre pourquoi ces fiançailles n'avaient pas été annoncées officiellement. Cela aurait parfaitement pu se faire en mars ou en avril sans pour autant braver les convenances.

– C'est bien ce qu'auraient souhaité ces jeunes gens, admit Mr Greyshott, mais votre oncle a exigé que l'annonce officielle fût repoussée jusqu'à Noël.

Warren haussa les sourcils, de plus en plus surpris.

– Quel était le motif d'une telle décision ?

Le secrétaire hésitait visiblement à répondre.

– Dites-moi la vérité, Greyshott, ordonna le marquis d'un ton plus sec. Je désire savoir ce qu'il en est.

– Eh bien, je crois que Sa Seigneurie n'appréciait pas beaucoup miss Keane. De plus, il n'ignorait pas que lorsque vous l'avez amenée chez votre mère, il était dans vos intentions de l'épouser.

Warren était de plus en plus étonné.

– Comment mon oncle était-il au courant ?

Mr Greyshott poussa un soupir.

– Nul ne peut empêcher les domestiques de bavarder, expliqua-t-il calmement. D'autre part, votre oncle vous aimait beaucoup, et je dois à la vérité de dire que, bien souvent, il aurait souhaité que vous fussiez son fils plutôt que son neveu.

– Il n'aimait donc pas Magnolia, murmura Warren.

– Je sais qu'elle et Mr Raymond ont tenté de le faire changer d'avis à propos de leurs fiançailles, mais en vain. Il s'est montré inflexible, tout en déclarant que s'ils étaient encore dans les mêmes dispositions à Noël – ou peut-être au moment du bal de la chasse, début décembre – leurs fiançailles pourraient alors être annoncées.

Warren n'ignorait pas que son oncle pouvait être très autoritaire quand il le voulait, et il se représentait le sentiment de frustration qu'avait dû éprouver Magnolia. Ensuite, à la mort de Raymond, elle s'était forcément rendu compte qu'elle avait lâché la proie pour l'ombre.

Lorsque le jeune marquis reprit la parole, son regard s'était durci et ses lèvres avaient un pli cynique.

– Il n'en est pas moins vrai qu'elle n'a désormais plus sa place à Buckwood et que plus tôt vous vous débarrasserez d'elle, mieux cela vaudra.

L'expression qui se fit jour sur le visage du secrétaire lui laissa comprendre que l'opération pourrait présenter quelques difficultés.

– J'imagine, reprit-il d'un ton bref, que mon cousin n'a pas rédigé de testament en sa faveur ?

– Je crois savoir qu'elle lui avait demandé de prendre certaines dispositions, mais votre oncle a été mis au courant par ses hommes de loi, et il a formellement interdit à Mr Raymond de donner suite à ce projet.

Warren se leva, vaguement écœuré par tout ce qu'il venait d'apprendre.

– Quoi qu'il en soit, je ne désire pas voir miss Keane, déclara-t-il. Vous pouvez lui dire que je suis ici avec ma fiancée, et que nous allons avoir besoin des pièces qu'elle et sa cousine occupent en ce moment.

– Je vais m'efforcer de régler la question, my Lord, répondit le secrétaire qui ne pouvait toutefois dissimuler une certaine anxiété.

Un cheval attendait devant la porte. Warren sauta en selle et prit, à travers champs, la direction du château. Il l'apercevait déjà dans le lointain, imposant et magnifique, la bannière du marquis flottant à mi-mât. Tout cela lui appartenait désormais, et il lui semblait encore rêver. La lumière du soleil dorait les centaines de fenêtres, faisait scintiller les eaux calmes du lac, et on aurait dit que tout cela surgissait d'un merveilleux conte de fées. Il aimait Buckwood, qui avait tenu une place si importante dans son enfance et où planait encore le souvenir de son père. De retour au sein de cet immense domaine, il lui incombait d'y maintenir les traditions de famille, comme ses ancêtres l'avaient fait avant lui.

Plusieurs voitures étaient arrêtées devant le perron. Dès qu'il aurait pénétré dans le grand vestibule de marbre orné de statues de dieux et de déesses, d'étendards commémorant les batailles au cours desquelles des membres de la famille s'étaient vaillamment illustrés, il allait s'élever un concert de voix. Dans la joie et dans la tristesse, on se réunissait invariablement à Buckwood où les retrouvailles étaient prétexte à d'interminables conversations.

Il ne se trompait pas. Dès qu'il eut posé le pied dans le hall, il entendit un murmure confus de voix en provenance du grand salon, et il aperçut une rangée de chapeaux hauts de forme qui s'alignaient sur une table disposée sous l'escalier. Tout cela lui était familier, et un sourire flottait sur ses lèvres lorsqu'il rejoignit ses invités. Il lui fallut ensuite près d'une heure pour s'arracher aux bras enveloppants de ses vieilles parentes, toujours avides de l'embrasser parce qu'il était beau garçon, et aux cordiales poignées de main des représentants mâles de la famille. Cela lui faisait chaud au cœur de constater que tous étaient sincèrement heureux de lui voir prendre la place de son oncle. Ils avaient aimé son père, avec qui ils n'avaient jamais réussi à se quereller, de sorte qu'ils adoraient aussi Warren qu'ils avaient gâté depuis le jour de sa naissance.

Ce fut seulement en se dirigeant vers la bibliothèque, où son oncle s'occupait autrefois des affaires concernant le domaine, qu'il prit conscience du fait que tout le monde ignorait encore ses fiançailles. Il se demanda avec une certaine angoisse ce que l'on penserait de Nadia. Au manoir, il avait précisé aux domestiques que l'on devait laisser dormir la jeune fille épuisée par son voyage, et il avait décidé qu'elle n'assisterait pas aux obsèques.

Mr Greyshott, qui l'attendait dans la vaste pièce, lui communiqua les dispositions prises et plaça devant ses yeux un exemplaire du faire-part bordé de noir, ainsi que la liste des convives qui devaient déjeuner au château.

– Le reste de la famille arrivera cet après-midi, expliqua le secrétaire, et je vous communiquerai plus tard la liste des convives du dîner.

– Avez-vous parlé à miss Keane ?

– Oui, my Lord, mais elle refuse de s'en aller avant d'avoir eu un entretien avec vous.

– Eh bien, moi, je n'ai aucune envie...

Au même instant, la porte s'ouvrit, et Magnolia en personne pénétra dans la pièce, l'air décidé. Un seul coup d'œil suffit à Warren pour constater qu'elle était encore plus belle que lors de leur dernière rencontre. Pourtant, il sentait qu'il n'éprouvait plus désormais pour elle autre chose que de l'aversion. Elle avançait vers lui avec une grâce teintée de sensualité, ce qui rendait presque indécente la longue robe noire qui moulait son corps aux lignes sinueuses.

Mr Greyshott s'esquiva discrètement après avoir marmonné une vague excuse. La porte ne s'était pas plutôt refermée sur lui que s'éleva la voix de Magnolia aux intonations caressantes que Warren se rappelait si bien.

– Vous êtes de retour ! Oh, mon chéri, il me semble qu'il y a une éternité que je n'ai eu la joie de vous voir.

Warren s'était levé à l'entrée de la jeune fille, mais il était resté debout derrière sa table de travail, et ce fut d'une voix glaciale qu'il répondit :

– Je suis surpris de vous trouver ici.

– Si j'étais partie tout de suite après les obsèques de Raymond, j'aurais pu vous manquer. N'avez-vous pas reçu ma lettre à Paris ?

– On me l'a remise à mon arrivée à mon hôtel où elle m'attendait depuis trois jours.

Les longs cils de la jeune fille eurent un léger battement sur son ravissant visage. Il était évident qu'elle ne s'attendait pas à ce qu'il fût au courant de la date d'arrivée de sa lettre. Mais son esprit vif ne mit pas longtemps à réagir.

– Je l'ai écrite dès après votre départ d'Angleterre, mais il n'aurait servi à rien de l'expédier avant de savoir que vous étiez sur le chemin du retour.

– C'est-à-dire fort à propos après l'accident survenu à Raymond.

Magnolia esquissa un petit geste expressif de ses jolies mains.

– Pourquoi me parlez-vous ainsi ? Je vous ai dit que je vous aimais, Warren, que je vous ai toujours aimé. Vous pouvez bien me pardonner un moment de folie !

Sa déclaration d'amour s'accompagna d'un petit rire de gorge.

– Lorsque j'ai vu cette demeure pour la première fois, je l'ai trouvée si belle que je n'ai songé qu'à y vivre, et j'ai presque éprouvé l'impression qu'elle m'appartenait...

Elle avait prononcé ces mots d'une voix douce et câline, comme si elle s'efforçait de tisser autour de son ancien fiancé un charme envoûtant dont il lui serait malaisé de se dégager. Pourtant, il semblait que le sortilège n'opérât point, car ce fut d'une voix dure qu'il l'interrompit.

– Inutile, Magnolia. Je n'ai aucune intention d'écouter plus longtemps vos mensonges. Mr Greyshott vous a demandé, de ma part, de bien vouloir quitter cette maison, et c'est ce que vous allez faire.

– Il m'a aussi annoncé que vous aviez amené une jeune personne à qui vous seriez fiancé. Est-ce vrai ?

– Greyshott ne dit jamais que la vérité, tout comme moi.

– Et vous avez réellement l'intention d'épouser une autre femme que moi ?

La question avait été agrémentée d'un rire moqueur. Et aussitôt, le prenant par surprise, elle contourna vivement la table de travail pour venir se placer tout près de lui. Rejetant la tête en arrière, elle le fixa de cet air ensorceleur auquel il lui était autrefois impossible de résister, et ses lèvres s'approchèrent des siennes pour murmurer d'une voix pâmée :

– Warren, mon chéri, je vous aime, tout comme vous m'aimez. Comment nous serait-il possible d'oublier l'enchantement, les délices des baisers que nous échangions naguère ?

Sans laisser à Warren le temps de se dérober, elle lui avait pris la tête entre ses mains pour plaquer ses lèvres pulpeuses et frémissantes sur les siennes. Il avait conscience de la chaleur de sa bouche, il sentait contre lui les formes voluptueuses de son corps, il respirait le parfum exotique et capiteux qui s'exhalait d'elle. Et pourtant, tout au long du baiser que lui distillaient sensuellement les lèvres humides de la jeune femme, il acquérait peu à peu la certitude que son pouvoir sur lui avait définitivement disparu. Chose étrange et nouvelle, le contact de ce corps de femme dissipait les doutes qui auraient pu subsister dans son esprit quant à l'emprise que Magnolia pouvait encore exercer sur son cœur et sur ses sens. Il referma ses mains sur ses poignets et éloigna délibérément les bras parfumés qui lui entouraient le cou.

– Inutile, répéta-t-il. Tout est fini.

Obligée d'admettre que son étreinte le laissait de glace, une expression d'incrédulité passa d'abord dans ses yeux sombres, bientôt suivie d'un éclair de frustration et de colère. Elle demeura un instant confondue et muette, comme si elle ne pouvait croire à la réalité des paroles qu'il venait de prononcer.

– Est-ce que vous me... repoussez réellement ? demanda-t-elle, encore incrédule.

– Je désire effectivement que vous quittiez cette maison. Votre présence constitue une gêne pour tout le monde, et vos fiançailles avec Raymond n'ayant jamais été annoncées, vous ne sauriez bénéficier ici d'aucune position officielle.

Il lui lâcha les poignets, et elle se mit à les frictionner comme s'il lui avait fait mal.

– Je croyais que... vous m'aimiez.

– Je vous ai aimée, répondit-il d'une voix sourde. Je vous ai aimée totalement, de toutes mes forces, de tout mon cœur jusqu'au moment où j'ai appris que je ne servais que vos ambitions mondaines et que je ne vous intéressais nullement en tant qu'être humain.

– C'est faux ! s'écria Magnolia. Et je vous aime encore maintenant comme je ne vous ai jamais aimé.

– Uniquement parce que vous m'avez perdu, répliqua Warren d'un ton cynique. Et vous n'aimez pas être perdante.

– Vous ai-je vraiment perdu ?

Sa voix était de nouveau douce et enjôleuse. Il était évident qu'elle faisait un ultime effort empreint de désespoir.

– Comme vous l'avez appris, je suis fiancé à quelqu'un que j'aime, à une jeune fille en qui je puis avoir une absolue confiance. Et maintenant, au revoir, Magnolia. J'ai un énorme travail devant moi, et vous voudrez bien m'excuser si je ne vous raccompagne pas.

Il avait prononcé ces mots avec une politesse cérémonieuse plus cinglante que s'il avait donné libre cours à sa colère. Magnolia s'éloigna d'un pas lent, mais elle se retourna brusquement sur le seuil pour déclarer :

– Vous regretterez, Warren, de m'avoir traitée de la sorte. Et ne croyez pas pouvoir m'oublier facilement ou découvrir une autre femme capable de vous émouvoir comme je savais le faire.

Elle marqua un temps d'arrêt avant de poursuivre d'une voix qui semblait projeter des ondes vibrantes dans le silence de la vaste bibliothèque :

– Quand vous embrasserez votre fiancée, vous vous souviendrez de mes baisers. Quand vous caresserez sa peau, vous constaterez qu'elle n'aura pas le même grain que la mienne. Le battement de mon cœur vous manquera et aussi le son de ma voix vous déclarant ma passion.

Son intonation avait maintenant quelque chose d'hypnotique, de magnétique, mais Warren savait qu'il ne s'agissait là que d'une très habile comédie. L'auditeur auquel elle s'adressait n'était pas Warren Wood, mais le marquis de Buckwood.

– Au revoir, Magnolia, répéta celui-ci d'un ton sec en se rasseyant à son bureau.

Elle s'attarda encore quelques secondes, immobile et muette, puis disparut. Lorsque Warren fut certain qu'elle n'allait pas revenir, il se leva pour s'approcher de la grande fenêtre ouverte sur le parc. Il éprouvait le besoin irrésistible de respirer un peu d'air pur. Il lui semblait qu'il venait de se battre contre une puissance étrange qui menaçait de l'encercler contre sa volonté et qui le détruirait s'il n'y prenait garde. Mais aussitôt il se dit qu'il devenait aussi théâtral que Magnolia l'avait été tout à l'heure et qu'il était urgent de revenir à une vue plus saine des événements. Malgré cela, il éprouvait l'impression que son col le serrait et l'empêchait de respirer.

Nadia descendit peu après onze heures, honteuse d'avoir dormi si tard. Le maître d'hôtel se trouvait dans le vestibule. Il la salua poliment et s'avança vers elle.

– Madame m'a demandé de l'excuser auprès de vous, my Lady, et de vous annoncer que, s'étant couchée fort tard, elle ne descendra pas avant l'heure du déjeuner.

– Je comprends fort bien, répondit Nadia. Je ne suis pas moi-même très matinale.

– C'est normal, my Lady, car je crois savoir que le voyage depuis Paris est plutôt fatigant.

– C'est vrai.

Tout en parlant, le domestique avait ouvert le grand salon dont les hautes portes-fenêtres donnaient sur le jardin et sur la roseraie. On était en été, et les fleurs s'épanouissaient merveilleusement avec leurs teintes vives et chatoyantes qui réjouissaient l'œil. Blanches, jaunes, roses, pourpres et dorées, elles formaient un tableau ravissant. Tout était d'un calme reposant, et le silence n'était troublé que par le bourdonnement léger des abeilles dans les fleurs et le gazouillis des oiseaux dans les buissons. Après avoir vécu dans une chambre sordide sur la rive gauche de la Seine, Nadia avait l'impression de pénétrer dans un monde féerique. Elle ne put cependant réprimer un frisson à la pensée de sa mère disparue après une douloureuse maladie.

Dès son réveil, on lui avait apporté le plateau du petit déjeuner et, en contemplant la splendide porcelaine, le couvercle d'argent qui tenait les œufs au chaud, la serviette brodée au monogramme de Lord John, elle sentit monter des larmes au bord de ses paupières. Comment sa pauvre maman avait-elle pu supporter une nourriture bon marché et mal préparée servie dans des assiettes de faïence craquelées ? Il n'était pas surprenant qu'elle fût décédée non pas seulement de sa maladie, mais encore de malnutrition, parce qu'il était impossible de lui procurer une alimentation adaptée à son état.

– Oh ! maman, si seulement vous étiez ici maintenant ! murmura Nadia du fond du cœur.

Mais elle savait qu'il ne servait à rien de pleurer sur le passé. Elle devait au contraire songer à l'avenir, et elle dut s'avouer qu'elle avait eu véritablement beaucoup de chance de rencontrer Warren. S'il ne l'avait pas sauvée de la folie qu'elle était sur le point de commettre, elle serait maintenant enterrée dans la fosse commune, et son suicide l'aurait même privée des prières et de la bénédiction de l'Église. Du moins sa mère y avait-elle eu droit.

Lorsqu'elle s'était couchée, la veille au soir, elle était horriblement fatiguée, à la limite de l'épuisement. Aussi, à son réveil, se força-t-elle à manger tout ce qui se trouvait sur le plateau, bien que cela exigeât d'elle un effort considérable. « Si je dois l'aider comme il le souhaite, se dit-elle, il me faut être forte et en possession de tous mes moyens. » La veille au soir, elle entendait à peine ce que lui disait la femme de chambre qui l'avait aidée à se déshabiller. Elle éprouvait la désagréable impression de se mouvoir dans une sorte de brouillard.

Ce matin, tout s'était éclairci. Néanmoins, il était inévitable que ces longues semaines, ces longs mois de misère et de terreur eussent laissé des séquelles. À présent qu'elle était en Angleterre, ses frayeurs commençaient à s'estomper, et avec sa nouvelle identité – même fausse –, elle n'avait besoin de songer à rien d'autre qu'à se remonter et à faire ce que l'on attendait d'elle.

Soudain, elle se souvint que Warren avait maintenant droit au titre de marquis, et elle eut envie de rire tellement cela lui paraissait incroyable. Comment aurait-elle pu imaginer un seul instant, alors qu'elle descendait vers la Seine dans l'intention de se noyer, qu'elle allait bientôt vivre dans le luxe d'une vieille demeure anglaise, servie par des domestiques attentionnés qui lui rappelleraient tellement son passé ? Comment aurait-elle pu se douter que son armoire serait de nouveau garnie de robes élégantes et coûteuses, des robes comme elle n'espérait plus en posséder ?

– Ce ne peut pas être vrai ! s'écria-t-elle. Je dois rêver.

Cela était si extraordinaire qu'elle voulut se lever pour tout voir, pour tout faire avant de se réveiller, d'émerger de son rêve de richesse et de bonheur... Le soleil qui inondait la pelouse et accrochait ses rayons d'or aux arbres du parc, les roses de toutes les couleurs de l'arc-en-ciel, le mur de brique rouge patiné par les ans, tout cela semblait faire partie de ses rêves. Sa mère lui avait souvent décrit l'aspect d'un jardin anglais, et bien qu'elle n'en eût jamais vu jusque-là, elle savait que c'était exactement cela qu'elle attendait. Tout était d'une beauté sans mélange, et elle n'avait plus besoin de regarder par-dessus son épaule de crainte de voir quelqu'un s'approcher d'elle, plus besoin de baisser la voix de crainte que l'on ne surprît ses paroles.

– Je suis en Angleterre ! s'écria-t-elle à haute voix. Et je suis en sécurité.

Le soleil était si chaud qu'elle alla se réfugier dans le salon. Là aussi, tout était exactement comme sa mère le lui avait décrit : les sofas confortables, les fauteuils profonds, les tables qui supportaient d'innombrables et fascinants objets d'art, de vieilles tabatières, de délicates porcelaines de Dresde et, dans des cadres d'argent, des photographies de jolies femmes qui y avaient apposé leur signature. Il y avait aussi, comme on pouvait s'y attendre, des portraits sur les murs, en particulier une fort belle peinture de Reynolds (1) au-dessus de la cheminée de marbre, ainsi qu'un Greuze (2) absolument ravis-

(1) Joshua Reynolds, peintre anglais (1723-1792)

(2) Jean-Baptiste Greuze, peintre français (1725-1805)

sant. On pouvait encore admirer une scène de genre représentant une famille vêtue à la mode du siècle passé, derrière laquelle se dressait une imposante et magnifique demeure, sans doute Buckwood.

La veille au soir, il faisait trop sombre pour apercevoir le château, et Nadia espérait que Warren le lui ferait visiter aujourd'hui. Elle savait déjà ce qu'il représentait à ses yeux. Lorsqu'il en parlait, sa voix prenait des accents plus doux, et on avait l'impression qu'il lui était aussi cher que la femme qu'il avait aimée. Lorsqu'elle pensait à lui, si beau et si séduisant, si bon et si compréhensif, il lui semblait impossible qu'une femme l'eût repoussé d'une manière si impitoyable qu'il ne rêvait plus que de vengeance. Nadia était beaucoup trop sensible pour ne pas se rendre compte que cette femme lui avait infligé des souffrances cruelles qu'il n'oublierait jamais. En même temps, elle se disait que cette amertume était indigne de lui. C'était un peu comme si on avait délibérément détérioré cette admirable scène de genre, œuvre de Gainsborough (1).

Elle songeait en la contemplant qu'un jour Warren serait lui aussi peint en compagnie de sa famille, devant cette demeure qu'il affectionnait.

Et soudain, elle entendit s'ouvrir la porte.

Elle se retourna, s'attendant à voir le maître de maison. Mais elle se trouva en présence d'une jeune femme si belle, si différente de toutes celles qu'elle avait pu connaître qu'elle resta muette d'étonnement, les yeux fixés sur cette éblouissante apparition. Elle était vêtue de noir, ce qui soulignait les courbes de ses seins et de ses hanches, tout en lui conférant un aspect un peu théâtral, comme si elle était sur le point de monter sur scène.

(1) Thomas Gainsborough, peintre anglais (1727-1788)

Deux longues rangées de perles lui entouraient le cou, et son chapeau s'ornait de plumes d'autruche. Sa peau était d'une blancheur nacrée qui s'harmonisait avec la translucidité des perles. Ses yeux étaient sombres et brillants, frangés de longs cils noirs.

Fascinée et sous le charme, Nadia la vit traverser le vaste salon d'une démarche élastique et pleine d'une grâce féline pour venir finalement s'immobiliser devant elle.

– Je crois savoir que vous essayez de vous faire épouser par Warren, dit l'apparition.

Elle avait prononcé sur un ton si dur cette phrase étonnante que, pendant un instant, Nadia demeura sans voix. Pourtant, une trop longue hésitation aurait pu passer pour une forme de faiblesse. Aussi se décida-t-elle à répondre :

– Nous sommes… fiancés, en effet.

– Eh bien, laissez-moi vous dire que vous ne l'épouserez pas ! déclara Magnolia. Et si vous persistez, je me charge de vous le faire regretter.

Sa voix était maintenant sourde et comme chargée de venin. Ses yeux lançaient des éclairs de fureur, et Nadia éprouvait une réelle sensation de peur.

– Je… ne saisis pas, bégaya-t-elle.

– Pour le cas où vous ne le sauriez pas, je m'appelle Magnolia Keane, et Warren m'appartient. Il a toujours été à moi, et s'il croit pouvoir m'échapper il se trompe lourdement. Quant à vous…

Elle toisa sa rivale de la tête aux pieds, d'une manière insolente, avant d'achever :

– … retournez d'où vous venez, et cherchez un autre homme. Vous n'aurez pas le mien.

– Je ne… saisis pas… ce que vous voulez dire ! répéta Nadia.

Mais Magnolia, ayant littéralement craché ces derniers mots, avait déjà tourné les talons. Elle se dirigea vers la sortie, d'une démarche lente et onduleuse, presque serpentine. Puis la porte se referma sur elle, et Nadia se retrouva seule, croyant à peine à la réalité de la scène qu'elle venait de vivre.

Pourtant, elle comprenait que Warren eût aimé cette femme assez ardemment pour vouloir se tuer lorsqu'elle s'était détachée de lui. Elle sentait qu'avec la créature qu'elle venait de voir, l'amour ne devait pas être un bonheur calme et paisible, mais une passion ardente, dévorante, qui consumait ceux qui l'éprouvaient. Et une fois éteinte cette flamme, ils se trouvaient plongés dans le désespoir.

– Oui, je comprends, murmura-t-elle dans un souffle. Mais pourquoi Warren a-t-il besoin de moi si cette jeune femme l'aime encore ?

Tout cela était bien étrange. À Paris, lorsque Warren lui avait fait part de ses déboires et de ses déceptions, elle avait pensé qu'il avait perdu à jamais la femme qu'il aimait, et elle ne s'était certes pas attendue à la retrouver ici, revendiquant ouvertement et avec une telle impétuosité son ancien fiancé. Elle se laissa mollement tomber sur une chaise avec l'impression que ses jambes se dérobaient sous elle, et elle s'efforça de mettre de l'ordre dans ses pensées.

Magnolia avait rompu ses fiançailles avec Warren parce qu'elle avait eu l'occasion d'épouser un homme pourvu d'un titre de noblesse : probablement le cousin de Warren décédé des suites d'un accident. Mais ce cousin disparu, elle cherchait à reprendre son ancien fiancé, lequel ne voulait plus d'elle. Cela paraissait un peu compliqué, et Nadia concevait parfaitement que l'orgueil de Warren ne lui permît pas, après avoir été repoussé, de revenir vers cette femme, aussi belle et désirable qu'elle fût.

– Elle est belle, mais dangereuse, murmura la jeune fille désemparée.

Elle ne pouvait oublier l'expression des yeux

de Magnolia, et elle se sentait de nouveau gagnée par cette sensation de frayeur qu'elle avait cru laisser derrière elle à Paris, cette frayeur qui l'avait accablée pendant si longtemps et qui l'atteignait de nouveau au moment où elle croyait lui avoir définitivement échappé. Elle se sentait frissonner.

Au même moment, la porte s'ouvrit devant Warren. Il était très beau, très élégant dans son habit de cavalier en whipcord, et il y avait en lui quelque chose de robuste et de réconfortant. Nadia laissa involontairement échapper un petit cri de joie.

– Je pensais à vous, dit-elle.

Ayant repoussé la porte, il s'avança vivement vers elle.

– Que faisait cette femme ici ? demanda-t-il. Vous a-t-elle... ennuyée ?

– Comment savez-vous qu'elle était ici ?

– J'ai vu s'éloigner sa voiture, et j'ai compris qu'elle n'avait dû venir que dans le but de tourmenter ma mère... ou vous-même.

– Votre mère n'est pas encore descendue.

– C'est donc à vous qu'elle en voulait. Que vous a-t-elle dit ?

Il avait parlé d'une voix dure et sèche, si bien que la pauvre jeune fille se sentit trembler et pâlir sous ses regards. Comme s'il était conscient de la crainte qu'elle éprouvait, ce fut sur un ton différent qu'il reprit :

– Vous êtes bouleversée, et c'est bien la dernière chose que je puisse accepter. Je suis désolé, Nadia. J'aurais dû m'attendre à quelque chose de ce genre.

– Comment l'auriez-vous pu ?

– Je lui ai ordonné de partir, ce qui l'a rendue furieuse. Et comme je lui avais déclaré que nous étions fiancés, vous et moi, elle a résolu de venir passer sa colère sur vous.

– Elle est... très belle.

– C'est ce que je pensais autrefois.
– Et maintenant ? osa demander Nadia.
Levant timidement les yeux sur lui, elle fut surprise de le voir sourire.
– Elle n'a plus aucun pouvoir sur moi.
– Je… je m'en réjouis.
– Mais elle vous a effrayée, et je ne puis le lui pardonner.
– Ne vous inquiétez pas, c'est passé. Elle m'a seulement… fait un peu peur… et elle a dit que… vous n'apparteniez qu'à elle.
– C'est là où elle se trompe.
Il poussa un soupir avant d'ajouter :
– Je ne devrais peut-être pas vous parler ainsi, mais étant donné que vous avez bien voulu m'accorder votre aide, mieux vaut que vous sachiez toute la vérité. Tout en me refusant à l'admettre, je craignais un peu qu'elle ne me reprenne dans ses griffes dès que je la reverrais.
– Et vous… n'avez pas éprouvé ce sentiment ?
Warren se souvint que les lèvres de Magnolia avaient été incapables de le troubler lorsqu'elle était venue le voir dans la bibliothèque.
– Je suis libéré, Nadia, dit-il. Complètement et définitivement.
Tout en parlant, il s'était approché de la fenêtre, et ses yeux parcouraient le jardin inondé de soleil. Il était à lui, ainsi que la maison, le lac, la forêt de chênes peuplée de cervidés. Cette belle nature lui appartenait, et il pouvait en jouir sans qu'aucune ombre ne vînt troubler son bonheur. Une voix douce et timide s'éleva alors derrière lui.
– Peut-être n'avez-vous plus besoin de moi. Dans ce cas, je… dois sans doute m'en aller.
Il se retourna pour voir, levés sur lui, les yeux suppliants de la jeune fille. Elle craignait visiblement de devoir partir sur-le-champ.
– Ah ! mais si, j'ai besoin de vous, répondit-il d'une voix rassurante. Il serait absolument désas-

treux que Magnolia pût se douter que je vous ai amenée ici pour me débarrasser d'elle plus facilement et vous chasser aussitôt après son départ.

– Vous voulez donc... que je reste ?

– J'y tiens même beaucoup. Rappelez-vous nos conventions. J'ai dit que vous resteriez aussi longtemps que je le jugerais nécessaire.

– Est-ce... vraiment nécessaire ? Ne dites-vous pas cela dans le seul but de me venir en aide ?

– Vous m'êtes indispensable, Nadia, et je ne vous demande de rester que par pur égoïsme.

L'expression de soulagement qui envahit le visage de la jeune fille avait quelque chose d'infiniment touchant.

– Lorsque j'étais dans l'armée, reprit doucement Warren, j'ai appris que l'on ne doit jamais sous-estimer l'ennemi, et j'ai le sentiment – tout en souhaitant me tromper – que Magnolia n'abandonnera pas facilement.

– C'est aussi ce que j'ai pensé en la voyant, admit Nadia. Mais elle ne peut désormais vous faire le moindre mal, n'est-ce pas ?

– Non. Elle n'aurait pu m'atteindre que dans mes sentiments, ainsi qu'elle l'a déjà fait autrefois.

– Et maintenant ?

– Je me propose d'être heureux sans lui faire l'aumône d'une seule pensée.

– Malgré cela, dit la jeune fille avec une certaine hésitation, je crois qu'elle pourrait encore être dangereuse. Je dois pourtant avouer que je ne vois pas comment elle s'y prendrait pour vous nuire.

– Sottises ! s'écria Warren. Nous nous laissons effrayer par des loups-garous, comme je le faisais lorsque j'étais enfant.

Nadia se mit à rire.

– Ils me faisaient peur, à moi aussi.

Il vit passer une ombre sur le joli visage de

la jeune fille. Il comprit que la peur ne l'avait pas assaillie uniquement dans son enfance, mais qu'elle en avait aussi souffert plus tard. Il aurait voulu pouvoir lui poser des questions, car il était tenaillé par la curiosité, mais c'eût été une erreur. Peut-être un jour se confierait-elle à lui, mais pour le moment, il se devait de respecter le mystère dont elle jugeait bon de s'entourer.

– Je vais maintenant vous demander d'assister au déjeuner, afin de faire la connaissance des membres de ma famille qui sont déjà arrivés. Les autres, vous les verrez au dîner de ce soir. Dans l'immédiat, étant donné que nous avons un peu de temps devant nous, j'ai pensé que vous aimeriez peut-être faire le tour du domaine et jeter un coup d'œil au château.

La jeune fille joignit les mains.

– Est-ce que... je peux vraiment ?

– Puisque je vous invite à m'accompagner.

Elle poussa un petit cri de joie.

– Si vous le permettez, je vais chercher mon chapeau. Je n'en ai que pour un instant.

– Je suis disposé à attendre, mais ne soyez pas trop longue tout de même.

Sans répondre, elle quitta la pièce en courant, et il entendit le bruit de ses pas dans le hall. Il sourit à la pensée que cette conversation, quoique sérieuse, avait été en même temps pleine de spontanéité, presque puérile.

– J'ai eu raison de l'amener ici, murmura-t-il. J'ai pu ainsi me débarrasser plus aisément de Magnolia.

Il se demanda ce que ses parents allaient penser de Nadia, mais il était convaincu que tout le monde la trouverait bien plus apte à devenir marquise de Buckwood. Les femmes, en particulier, avaient toujours considéré miss Keane avec une certaine méfiance, sinon avec une antipathie marquée. On jugeait son éblouissante beauté quelque peu provocante et théâtrale. En effet, si la tradition exigeait que la marquise de Buckwood fût belle, il lui fallait aussi posséder cette distinction indéfinissable que donne la bonne éducation et qui caractérise ce que les domestiques appellent « une vraie dame ». Or, chose étrange, cette qualité, Nadia la possédait au plus haut degré. Qui donc étaient les Charrington et par quelle fatalité cette jeune fille et sa mère avaient-elles pu tomber dans un tel dénuement ? Le nom de « Charrington » n'était pas inconnu à Warren, et pourtant, il ne se rappelait pas avoir jamais rencontré un membre de cette famille. « Je m'informerai auprès de mes amis, se dit-il, et quand j'irai à Londres, j'interrogerai le secrétaire du *White's*. » Ce dernier, qui remplissait ses fonctions depuis des années, connaissait les antécédents de chacun des membres du club. En attendant, il ne fallait pas perdre de vue que Nadia était en principe la fille du comte Ferrais et qu'elle descendait d'une vieille et très respectable famille hongroise.

Pour la première fois, il lui vint à l'esprit que si elle était véritablement hongroise, on pouvait s'attendre à ce qu'elle fût excellente cavalière. Dans le cas contraire, on serait en droit d'éprouver des soupçons quant à ses origines. Au même instant, il entendit son pas dans l'escalier.

Devant la porte, attendait un phaéton attelé de deux magnifiques chevaux.

– Je n'ai pas encore trouvé le temps de vous demander si vous montez à cheval, dit Warren tandis que la voiture se mettait en marche.

Nadia tourna la tête vers lui, et il vit ses yeux pétiller de malice.

– En réalité, vous voulez savoir si je monte assez bien pour convaincre ceux qui me verront que je suis véritablement hongroise.

– Vous lisez dans mes pensées.

– Bien sûr. De même que vous devinez parfois les miennes.

– Alors, répondez à ma question.

– Je puis le faire sans la moindre difficulté. Je suis très bonne cavalière, mais il y a malheureusement longtemps que je ne me suis mise en selle. Certes, cela ne s'oublie pas; mais il est probable que je serai tout de même un peu rouge et tendue après avoir fait galoper un de vos fringants chevaux.

Il y eut un bref silence, après quoi la jeune fille reprit :

– Sans doute allez-vous penser que j'ai fait preuve de… d'extravagance, mais j'ai demandé à Mme Blanc de me commander une amazone pour le cas où il vous plairait que je vous accompagne dans vos promenades.

Warren ne put s'empêcher de rire, sincèrement amusé par les paroles de sa compagne.

– L'ennui avec vous, dit-il, c'est que vous êtes non seulement imprévisible, mais que vous me devancez toujours.

– Quand nous étions à Paris, la chose aurait paru plutôt présomptueuse, mais peut-être un jour pourrai-je vous rendre l'argent que vous avez dépensé pour moi.

Ses mains fines et racées eurent un petit geste d'impuissance, et elle s'empressa d'ajouter :

– Mais pour le moment, je… ne vois pas bien comment cela me serait possible, je l'avoue.

– Vous oubliez que c'est moi qui suis votre débiteur, et non l'inverse. Je vous suis même si reconnaissant de votre aide que je ne vous en remercierai jamais assez. Je voudrais trouver le moyen de vous faire sentir combien j'apprécie votre présence ici.

Elle leva la tête vers lui, et leurs regards se croisèrent. Warren songea en un éclair que la meilleure façon de lui prouver son contentement serait de l'embrasser et, pendant un instant, ses yeux demeurèrent rivés à ceux de la jeune fille. Puis, comme s'il se rappelait soudain que les chevaux avaient besoin de toute son attention, il dit d'une voix troublée :

– Vous allez maintenant apercevoir Buckwood pour la première fois, et j'espère que vous ne serez pas déçue.

5

Les obsèques achevées, les membres de la famille s'en allèrent les uns après les autres, non sans avoir félicité Warren de ses fiançailles avec Nadia. Et ces félicitations étaient exprimées avec une sincérité qui n'avait rien à voir avec la simple politesse. Il avait remarqué que le premier jour, dès après le déjeuner et de nouveau après le dîner, Nadia s'était fait un devoir de s'entretenir avec ceux de ses parents qui étaient plutôt effacés et qui, sans elle, auraient été ignorés en raison de leur manque d'intérêt. C'était là une preuve de tact de la part de la jeune fille. Et il ne pouvait s'empêcher de la comparer à Magnolia, qui s'arrangeait toujours, dans les réunions auxquelles elle assistait, pour être le pôle d'attraction de tous les hommes. Nadia, au contraire, semblait particulièrement aimable envers les vieilles dames, surtout celles qui passaient depuis des années pour ennuyeuses aux yeux des autres membres de la famille.

Lorsque tout le monde se fut retiré, Warren traversa le parc pour se rendre chez sa mère, qu'il trouva dans son salon en train de prendre le thé avec Nadia.

– Nous sommes sans doute un peu en retard, fit remarquer Mrs Wood, mais il m'a semblé qu'une bonne tasse de thé était exactement ce qu'il me fallait pour me soutenir.

– Vous êtes merveilleuse, maman, répondit le jeune homme en se penchant pour embrasser sa mère. J'espère seulement que l'épreuve n'a pas été trop dure pour vous.

– C'était assez éprouvant, répondit-elle d'une voix calme, car j'avais beaucoup d'affection pour Arthur. D'autre part, il n'a pas traîné durant des mois comme ton pauvre grand-père.

Warren avait toujours pensé qu'il n'aimerait pas mourir lentement, car on dirait alors, pour reprendre les paroles de Charles II, qu'il y mettait « un temps invraisemblable ». En fait, s'il avait eu le choix, il aurait préféré finir sa vie au cours d'une bataille ou dans un accident plutôt que d'être seulement un corps qui respire sans pouvoir penser. Les obsèques de son oncle avaient assombri son humeur, mais il s'efforça de sourire.

– Maintenant, dites-moi quels sont vos projets pour la soirée. Il paraît presque incroyable que nous soyons seuls. La famille partie, il est étrange de voir la maison aussi calme.

Il éprouvait aussi une impression presque inquiétante à songer que cette demeure lui appartenait désormais et que chacun attendait de lui qu'il y apportât des changements et des améliorations. Mais il était décidé à n'agir que progressivement en s'efforçant de ne bousculer personne, car les vieux domestiques étaient ancrés dans leurs habitudes. D'autre part, Mr Greyshott possédant le don de tout faire fonctionner sans le moindre à-coup, il n'avait nul désir de troubler la surface de ce qui semblait être une mer d'un calme absolu.

– Le mieux, répondit sa mère, ce serait sans doute que tu dînes ici en compagnie de Nadia, à moins que vous ne préfériez aller au château. En ce qui me concerne, je voudrais aller me coucher de bonne heure.

– Vous n'êtes pas trop fatiguée, maman ? demanda vivement Warren.

– Non, mon chéri, mais je supporte mal les enterrements et, de plus, je trouve qu'un grand nombre de nos parents sont vraiment un peu trop ennuyeux.

Nadia fit entendre son rire cristallin, qui se répercuta dans la pièce comme une musique.

– Peut-être auraient-ils meilleure mine s'ils n'étaient pas vêtus de noir, dit-elle. Mon père avait horreur du noir. Il prétendait que c'est une couleur lugubre qui ne va bien qu'aux gens lugubres.

Ses yeux croisèrent ceux de Warren, et ils se rappelèrent ensemble l'opinion de Mme Blanc sur les femmes vêtues de noir qui ressemblent, disait-elle, à des corbeaux.

– Je crois que je vais dîner ici, maman, déclara le jeune homme, car les cuisinières du château ont déjà fourni un dur travail pour préparer le déjeuner d'un si grand nombre de convives.

– Très bien, mon chéri. Moi, je vais monter dans ma chambre, mais je saurai que Nadia est convenablement chaperonnée et à l'abri des commérages les plus malveillants.

– Oh ! elle a certainement déjà fait l'objet de cancans.

Son regard s'assombrit en se rappelant qu'il en avait été de même pour Magnolia. Chose incroyable, celle-ci était venue assister aux obsèques, bien qu'il fût persuadé qu'elle avait regagné Londres après avoir quitté le château. Tout le monde était déjà assis et le service religieux allait commencer lorsqu'elle était soudain apparue à la porte ouest. Un des placeurs s'était précipité et, Warren n'ayant donné aucune consigne contraire, on lui avait fait remonter la nef pour la conduire au banc de la famille, juste derrière le jeune marquis.

Il était évident qu'elle avait délibérément cherché à faire sensation, car la façon dont elle était vêtue devait immanquablement attirer sur elle l'attention de tous les membres de l'assistance, hommes et femmes. Sa robe était aussi élégante que celle qu'elle portait la veille, mais encore plus recherchée, accusant les lignes de sa silhouette d'une manière un peu trop provocante. Quant à son long voile, accroché à son petit chapeau et qui retombait sur son visage, il eût mieux convenu à une veuve.

Warren ne lui accorda qu'un bref coup d'œil, mais il était persuadé qu'elle avait dû porter les mêmes vêtements aux obsèques de Raymond. Et ils avaient dû également faire sensation en cette occasion. Au moment où elle s'agenouilla, il sentit monter jusqu'à lui son parfum capiteux. Il paraissait évident qu'elle tenait à se faire remarquer de son ancien fiancé, car durant toute la cérémonie, il éprouva la sensation que ses yeux étaient rivés à ses épaules. Malgré tous ses efforts, il lui était impossible de faire abstraction de cette présence insolite.

Le service religieux achevé, le cercueil descendit la nef, porté par des soldats de la garde du comté, dont le vieux marquis était colonel. Warren prit place immédiatement derrière, tandis que Magnolia s'arrangeait pour être au premier rang des assistants. Elle tenait à la main un petit bouquet d'orchidées blanches, et lorsque le cercueil eut été descendu dans la tombe, elle jeta les fleurs sur lui d'un geste théâtral. Puis, portant les mains à ses yeux, elle chancela et parut sur le point de s'écrouler sur le sol. Elle se trouvait tout près de Warren qui, instinctivement, lui entoura les épaules de son bras pour l'empêcher de basculer dans la fosse. Mais comme il s'éloignait en la soutenant, il vit passer un léger sourire sur les lèvres de ce beau visage aux yeux mi-clos. Il était visible que Magnolia jouait la comédie, et il s'empressa de la confier à un autre membre de la famille.

Il était furieux de s'être prêté à cette scène

imprévue qui ne perdrait sûrement rien à être racontée et dont les feuilles locales ne manqueraient pas de s'emparer. Après une conduite aussi révoltante de la part de Magnolia, il ne fut pas autrement surpris, en regagnant le château avec les autres, de la trouver blottie dans un confortable fauteuil du salon, où une des femmes de chambre lui faisait respirer des sels. Il ne se donna pas la peine de lui adresser la parole, mais plusieurs membres de la famille s'approchèrent d'elle, et il l'entendit se lamenter. D'une voix basse mais parfaitement claire, elle déclarait que ce pauvre marquis allait lui manquer affreusement.

– Il a toujours été si bon pour moi, gémissait-elle, et ce n'est pas seulement lui qui me manquera, mais aussi cette demeure. J'ai l'impression d'y être réellement chez moi, et je ne peux pas me faire à l'idée de la perdre.

Elle avait agrémenté ces derniers mots d'un petit sanglot des plus convaincants, et Warren éprouva l'impression – mais peut-être n'était-ce qu'un effet de son imagination – que deux ou trois des personnes présentes le regardaient à la dérobée, comme si elles étaient persuadées que lui seul possédait la solution du problème.

Magnolia s'en alla presque aussitôt après le déjeuner, de manière à recevoir le maximum d'attentions et de prévenances, la moitié des hommes l'escortant jusqu'à la grande porte. Alors seulement, Warren poussa un soupir de soulagement. « Elle n'a maintenant aucune excuse pour revenir », se dit-il, tout en éprouvant le sentiment désagréable qu'elle pourrait tout de même tenter de nouveau sa chance. Il regrettait presque de n'avoir pas demandé à Nadia d'assister au déjeuner. Il aurait ainsi pu laisser entendre que leur mariage serait annoncé dès que les circonstances le permettraient. Mais, comme elle avait déjà fait la connaissance de la famille la veille, il n'avait pas cru nécessaire qu'elle vînt s'associer au deuil du marquis qu'elle n'avait jamais vu.

Toutefois, à mesure que ses parents prenaient congé, il crut bon de leur laisser entendre qu'ils reviendraient sans doute dans des circonstances plus heureuses. Il leur était évidemment impossible de ne pas saisir le sens de ses paroles, et la plupart d'entre eux lui répondirent machinalement :

– Vous voulez sans doute parler de votre mariage, cher Warren.

– Je crois que nous devrions célébrer les fiançailles auparavant, répondait-il avec un sourire. Il ne saurait être question d'organiser un bal, naturellement, mais on pourrait peut-être songer à une garden-party dans les premiers jours du mois d'août.

Et chacun de s'écrier :

– Ce sera une immense joie pour tout le monde.

Il n'ignorait pas que, pour la famille, une réception à Buckwood était toujours saluée comme un événement particulièrement agréable.

Et maintenant, en regardant Nadia assise en face de lui, de l'autre côté de la table à thé, il se disait qu'elle était véritablement ravissante, vêtue de cette robe d'apparence toute simple mais qui avait le chic et l'élégance que seule la France pouvait procurer à une jeune femme. Bien qu'elle fût vraiment un peu trop maigre, ses joues avaient repris de la couleur. Ses yeux paraissaient un peu trop grands pour son visage émacié, mais il semblait que tout l'éclat du soleil s'y fût concentré.

– Dès demain, je dois aller visiter les différentes fermes du domaine, annonça Warren, et je suggère que vous m'accompagniez à cheval. Ce sera plus agréable et plus rapide que de prendre une voiture.

Nadia n'avait nul besoin de parler pour exprimer sa joie, son visage trahissant assez éloquemment les sentiments qu'elle éprouvait.

– Tout le monde sera ému et ravi de connaître Nadia, intervint Mrs Wood, mais il faudra faire le tour de toutes les fermes, afin de ne pas susciter de jalousie.

– J'ai déjà envisagé ce risque, répondit Warren. Je n'ai pas oublié ce que l'on me disait autrefois lorsque je me rendais dans une ferme ou une autre. « Nous n'avons pas vu votre mère depuis un certain temps. Dites-lui que nous avons pour elle un pot de bonne confiture faite à la maison. »

Mrs Wood se mit à rire.

– Dans d'autres cas, c'était un bocal de pickles ou un pot de miel. Ou encore une tranche de jambon nouvellement fumé. Les gens ont toujours été tellement généreux dans notre région !

Elle étendit la main qu'elle posa sur le bras de Nadia avant de poursuivre :

– Je sais qu'ils vous aimeront, ma chère enfant. J'ai remarqué aujourd'hui la gentillesse et la bonté dont vous faisiez preuve envers les personnes âgées de la famille.

La jeune fille se mit à rire à son tour.

– Maman avait coutume de dire que si quelqu'un est laissé de côté dans une réception, cela prouve que la maîtresse de maison n'est pas à la hauteur.

– C'est bien vrai. Hélas, la plupart des jeunes gens sont trop occupés de leurs petites personnes pour accorder un peu de leur temps à ceux dont la jeunesse s'est enfuie.

La manière dont elle s'exprimait convainquit Warren qu'elle appréciait Nadia et approuvait son comportement. Il se félicita d'avoir été assez chanceux pour trouver une jeune fille capable de jouer son rôle à la perfection. Il ne s'était jamais rendu aussi bien compte que sa mère n'aimait pas Magnolia, qu'elle trouvait indigne de lui. Il était donc un peu surprenant qu'elle eût si vite éprouvé une telle sympathie à l'égard de Nadia.

Il tendait sa tasse de thé pour que sa mère la lui remplît de nouveau lorsqu'un valet de pied se présenta porteur d'un paquet sur un plateau d'argent.

– Qu'est-ce que c'est, James ? demanda lady John.

– On vient de l'apporter pour la comtesse Ferrais, madame.

En même temps, il présentait le plateau à Nadia sur le visage de qui se peignit aussitôt la plus extrême surprise.

– Pour moi ? murmura-t-elle.

– Je ne peux pas croire qu'il s'agisse déjà d'un cadeau de mariage, plaisanta Warren.

La jeune fille prit le paquet, qui se présentait sous la forme d'une petite boîte plate. Elle le considéra un instant en songeant qu'il devait s'agir d'une erreur, mais ce fut pour constater aussitôt que l'adresse était fort clairement rédigée en lettres capitales : COMTESSE NADIA FERRAIS.

– Ouvrez-le, conseilla Warren. Ce doit être un cadeau, bien qu'il puisse sembler surprenant qu'un de nos parents fasse si rapidement preuve de tant de générosité.

– Ta réflexion n'est pas très charitable, mon fils, fit observer sa mère avec un petit air de reproche. Depuis ta plus tendre enfance, la famille t'a toujours envoyé des cadeaux pour Noël et pour ton anniversaire, et tu te plaignais lorsque je te faisais écrire des lettres de remerciement.

– C'est vrai, et tu m'apprenais le vieux proverbe latin : « À cheval donné, on ne regarde pas à la bouche. »

Sa mère se mit à rire, tandis que Nadia déchirait le papier qui enveloppait le paquet et découvrait une boîte de chocolats. Ils venaient de chez Gunters, un confiseur renommé de Berkeley Square, d'où Warren avait souvent rapporté des bonbons pour sa mère. Mais celle-ci, souffrant d'un léger diabète, s'était vu interdire les aliments contenant du sucre.

Nadia examina d'abord la boîte, puis le papier dans lequel elle avait été enveloppée.

– Il n'y a pas de nom d'expéditeur, observa-t-elle.

– Je suppose que le domestique à qui on a remis le paquet doit être au courant, répondit Warren.

Nadia détacha le ruban et ouvrit la boîte.

– Ce qui est sûr, c'est qu'ils sont appétissants. En voulez-vous un ?

– Pas maintenant. Peut-être après le dîner.

– Je n'ai pas droit aux chocolats, soupira Lady John. Il faudra donc que vous les mangiez tous, ma chère enfant.

– Pas après ce thé copieux que vous venez de nous faire servir, protesta la jeune fille.

Tout en parlant, elle levait les yeux vers Warren pour qu'il comprenne qu'elle faisait déjà un gros effort pour manger, mais éprouvait encore de sérieuses difficultés.

Elle replaçait le couvercle sur la boîte lorsque Lady John reprit la parole.

– Regardez cette gourmande de Bertha !

Depuis le retour de Warren, les deux chiens de son oncle s'étaient attachés à lui. L'un était un épagneul encore jeune, excellent chien d'arrêt, l'autre une chienne qui avait été souvent primée en son temps; mais elle souffrait maintenant de rhumatismes et n'y voyait plus très bien. Depuis l'arrivée de Warren, elle était toujours sur ses talons, et elle l'avait suivi dans le salon pour venir se coucher à ses pieds. À présent, assise sur ses pattes de derrière, elle faisait la belle. Nadia la considéra d'un air surpris, et la maîtresse de maison se hâta d'expliquer :

– Ce pauvre Arthur, en vieillissant, abusait un peu des sucreries, et il était toujours à manger des chocolats, ce qui était sans doute une des raisons de son obésité, laquelle n'est sûrement pas étrangère à sa crise cardiaque.

Elle baissa les yeux vers la chienne, puis ajouta avec un sourire :

– Et Bertha était devenue aussi gourmande que son maître. Voyez, elle ne peut s'empêcher de saliver en reniflant ce que vous tenez entre vos mains.

– Elle doit donc être la première à profiter de mon cadeau.

La jeune fille choisit ce qui lui paraissait être un bonbon relativement moelleux et elle le présenta à Bertha qui se hâta de l'engloutir pour en réclamer aussitôt un second.

– Ça suffit, dit Warren. Sinon, elle deviendra si grosse qu'elle ne pourra plus se remuer.

– Un seul, dit Nadia en lui adressant un sourire d'excuse.

Elle tendit un autre chocolat à Bertha. La chienne le lui prit avidement des doigts et son corps se mit soudain à trembler. Avant que les trois personnes présentes se fussent rendu compte de ce qui arrivait, elle s'était écroulée et avait roulé sur le dos. Pendant quelques secondes encore, elle fut parcourue de frémissements, puis elle demeura immobile.

Nadia poussa un cri.

– Que se passe-t-il ? demanda-t-elle. Est-ce qu'elle a une attaque ?

Warren s'était déjà agenouillé auprès de Bertha, et il lui posait la main sur le cœur.

– Elle est morte !

– Mais ce n'est pas possible ! s'écria Lady John. Comment cela peut-il se produire aussi vite ?

– Elle a été empoisonnée, expliqua Warren, tandis que sa mère s'agenouillait à son tour près de l'animal.

Il se saisit de la boîte de chocolats, qui se trouvait encore sur les genoux de Nadia, puis entoura de son bras les épaules de sa mère pour l'aider à se relever.

– J'aimerais que vous montiez vous reposer, mère, dit-il. Je vais envoyer chercher le vétérinaire pour qu'il examine Bertha, ainsi que ces chocolats. C'est là une fort vilaine affaire, mais je ne tiens pas à ce qu'elle vous bouleverse.

– Mais cela me bouleverse, justement ! Comment peut-on être assez méchant, assez pervers pour envoyer des chocolats empoisonnés à Nadia ?

Warren connaissait la réponse, mais il ne dit rien, se contentant d'emmener sa mère hors du salon. Nadia le suivit. Elle était très pâle, et son cœur battait follement. Elle était de nouveau la proie de cette terreur qui ne l'avait pas quittée pendant près de trois longues années. Elle n'y échapperait donc jamais, même en Angleterre ?

Warren lui ayant conseillé, à elle aussi, d'aller se reposer, elle monta dans sa chambre, mais il lui fut impossible de dormir. Elle ne put que demeurer étendue sur son lit, à observer par la fenêtre ouverte le soleil qui descendait derrière les grands arbres, à écouter le croassement des corneilles qui allaient se percher pour la nuit.

Elle ne cessait de se poser des questions sur la façon dont on avait pu lui faire parvenir cette maudite boîte de bonbons. Si la mort de la pauvre Bertha ne leur avait pas donné un avertissement, elle-même serait sans doute déjà morte. Et Warren aurait pu, lui aussi, manger un chocolat après le dîner, ainsi qu'il en avait manifesté l'intention.

Cette pensée la terrifiait à un tel point que, en dépit de la chaleur extérieure, elle était parcourue de frissons. Tout cela était tellement soudain, tellement inattendu, alors que, pour la première fois depuis longtemps, elle commençait à éprouver une impression de détente et de bonheur auprès de Lady John dont la douceur et la bonté lui rappelaient sa propre mère. Et Warren lui donnait aussi un merveilleux sentiment de sécurité chaque fois qu'elle se trouvait auprès de lui.

Des chocolats empoisonnés ! Comment cela était-il possible ? Qui aurait pu avoir l'idée d'un acte aussi diabolique, à l'exception des hommes qui, depuis longtemps, hantaient ses pensées et troublaient son sommeil ? Prise de frayeur et de panique, elle se mit à prier.

« Mon Dieu, murmurait-elle avec ferveur, ne me laissez pas mourir ainsi ! Permettez-moi de vivre encore un peu ! »

Et tandis que sa prière ardente s'envolait vers le ciel, elle songeait à l'étrangeté de la situation. Quelques jours plus tôt, elle avait désiré mourir; à présent, elle voulait vivre. Et cela, parce que Warren l'avait sauvée, arrachée à un monde laid et sordide pour l'emmener dans un autre où tout n'était que douceur et beauté, un monde où elle s'était crue en sécurité et en paix. Hélas, tout venait soudain de basculer : elle était de nouveau la proie d'une terreur qu'il lui était impossible de réprimer. Elle aurait parfaitement pu croquer un de ces chocolats, ne fût-ce que pour faire plaisir à Warren qui souhaitait la voir s'alimenter et reprendre des forces.

La couleur avait déserté son visage, et son regard s'était assombri lorsque la femme de chambre vint l'aider à s'habiller pour le dîner. Elle aurait voulu saluer Lady John, mais elle apprit que la maîtresse de maison somnolait, et elle se dit qu'il serait cruel de la déranger. « Et si elle était morte ? songea Nadia. Ç'aurait été ma faute et je me serais fait l'effet d'une meurtrière. »

Étant un peu en avance, elle ne pensait pas que le marquis fût déjà arrivé. Pourtant, lorsqu'elle pénétra dans le salon, elle l'aperçut, debout près d'une fenêtre, une flûte de champagne à la main. Il se retourna à son entrée et la regarda avancer vers lui, conscient des sentiments qu'elle devait éprouver bien qu'elle n'eût pas encore prononcé une seule parole. Il lui tendit la flûte qu'il tenait et alla en remplir une autre. Ayant replacé la bouteille dans le seau à glace, il se rapprocha d'elle.

– Qu'avez-vous... découvert ? demanda-t-elle d'une voix à peine audible.

– Ce que je soupçonnais, répondit-il. On a fort habilement injecté du poison dans les chocolats, et il était impossible de s'apercevoir qu'ils avaient été trafiqués.

Un frisson agita le corps de la jeune fille qui reprit, toute tremblante d'émoi et de peur :

– Il faut que je parte ! Je... ne peux pas rester ici, parce que... on m'a retrouvée, et la prochaine fois, on pourrait... vous faire du mal, à vous aussi.

Elle avait parlé sans réfléchir, et elle distingua une lueur d'étonnement dans les yeux de Warren.

– À quoi faites-vous donc allusion ? demanda-t-il vivement.

Elle le considéra pendant un instant, le regard fixe, puis détourna ses regards. Et ce fut lui qui reprit d'une voix calme :

– Je crois que nous devons faire preuve de franchise et voir les faits en face. Les chocolats empoisonnés venaient de Magnolia Keane.

Mais il avait la conviction que ce n'était pas à cela que pensait Nadia, qui le fixa encore longuement avant de demander d'une voix hachée :

– En êtes-vous... sûr ? Tout à fait sûr ?

– Absolument. La seule question que se pose le vétérinaire, c'est de savoir comment une personne sans expérience de ce genre de chose a pu introduire du poison dans ces bonbons assez adroitement pour qu'il soit impossible de le déceler.

Nadia poussa un soupir.

– Mais pourquoi miss... Keane aurait-elle voulu... m'empoisonner ? demanda encore la jeune fille d'une voix tremblante qu'elle s'efforçait en vain de contrôler.

– J'aurais cru le fait évident, répondit sèchement Warren.

– Oui... bien sûr. Je suis stupide. Elle a déclaré que vous... lui apparteniez et qu'elle ne vous abandonnerait jamais... à moi.

– Répétez-moi exactement ses paroles.

C'était un ordre, et Nadia comprit qu'elle devait s'exécuter en dépit de l'hésitation qu'elle éprouvait.

– Elle a commencé par me dire : « Je crois savoir que vous essayez de vous faire épouser par Warren. »

– Et qu'avez-vous répondu ?

– Que nous étions... fiancés.

– Que s'est-il passé alors ?

Warren avait de nouveau posé sa question avec un accent d'autorité.

– Elle a déclaré : « Eh bien, laissez-moi vous dire que vous ne l'épouserez pas. Et si vous persistez, je me charge de vous le faire regretter. »

Nadia songea qu'elle avait été vraiment stupide de ne pas comprendre dès le début que les chocolats avaient pu être envoyés par Magnolia. Mais elle n'aurait jamais pu imaginer qu'une Anglaise de bonne famille pût se comporter de la sorte. Elle n'aurait pas cru davantage courir ce genre de danger dans un manoir où plusieurs serviteurs assuraient la protection des habitants. En outre, Warren n'était jamais très loin, lui non plus.

– Je ne puis dire à quel point je suis navré,

reprit le jeune marquis, car tout cela est ma faute. Je m'attendais certes à la voir réagir et chercher à me nuire d'une manière ou d'une autre, mais il ne m'était pas venu à l'idée qu'elle pourrait tenter de vous assassiner.

– Peut-être vaudrait-il mieux que... vous l'épousiez comme... elle le souhaite, dit Nadia presque dans un murmure. Après tout... vous l'aimiez il n'y a pas si longtemps.

Elle avait prononcé ces paroles impulsivement, sans réfléchir. Pourtant, elle aurait été navrée de voir Warren épouser une telle femme. Il était trop droit, trop noble, trop généreux pour gâcher sa vie auprès d'une personne capable de s'avilir jusqu'au meurtre pour parvenir à ses fins. Elle le vit alors froncer les sourcils de colère.

– Je ne tenterais même pas de sauver de la potence une telle créature. Car c'est là qu'elle aurait fini si cette pauvre Bertha n'avait pas sacrifié sa vie.

– Le vétérinaire n'a-t-il rien pu faire pour elle ?

– Elle est morte instantanément, comme cela vous serait arrivé si vous aviez mangé un de ces chocolats.

Il pinça les lèvres avant de poursuivre d'un ton irrité :

– Cette fille n'avait évidemment pas prévu que je serais présent. Elle imaginait sans doute que je me trouverais encore au château auprès de quelques parents attardés. Elle savait que ma mère n'a pas droit aux sucreries. Il ne restait donc que vous, et elle espérait que vous seriez seule à l'arrivée du paquet.

Il étouffa un juron avant d'ajouter :

– Voilà ce qu'elle a cru et ce qui s'est passé. Malheureusement, je ne puis rien faire, je ne puis porter aucune accusation contre elle, bien que vous n'ayez échappé à la mort que par miracle.

Instinctivement, Nadia se rapprocha et s'agrippa à lui des deux mains.

– C'est effrayant… absolument effrayant, dit-elle, mais du moins n'avez-vous pas mangé de chocolats, ainsi que vous l'auriez peut-être fait après dîner.

– C'est Bertha qui nous a sauvés, et nous devons lui en être reconnaissants. J'ai donné des ordres pour qu'elle soit enterrée dans notre cimetière de chiens, où reposent tous nos chiens et où j'espère qu'ils dorment en paix.

Pour la première fois depuis son entrée dans la pièce, un léger sourire passa sur les lèvres de Nadia.

– Chez nous aussi, il y avait un cimetière pour les chiens. Quand j'étais petite fille, je déposais souvent un os sur leurs tombes en me disant qu'ils pourraient le manger quand il n'y aurait personne dans les parages. Et le lendemain, l'os avait toujours disparu.

– Où se trouvait ce cimetière ? demanda Warren.

Comme si elle jugeait qu'il faisait preuve d'indiscrétion, la jeune fille écarta ses mains et recula d'un pas.

– C'est de Bertha que nous parlions, corrigea-t-elle vivement. Demain, j'aimerais voir l'endroit où elle est enterrée.

– Il s'agissait aussi de vos chiens. De quelle race étaient-ils ?

– Je ne désire pas… en parler. Mais il faut que vous m'expliquiez de quelle manière je peux échapper à miss Keane. Pour votre sécurité, je devrais sans doute… m'en aller.

Et pourtant, elle n'avait aucun désir de le quitter. En fait, si elle devait en arriver là, ce serait affreux pour elle. Comme s'il devinait ses pensées, Warren lui prit une main qu'il emprisonna dans les siennes.

– Écoutez-moi, Nadia, dit-il doucement, je vous promets de veiller sur vous, de vous protéger, d'empêcher toute autre tragédie.

Il sentit les doigts fins de sa compagne trembler entre les siens.

– Vous voulez bien me faire confiance ? demanda-t-il au bout d'un moment.

– Vous savez parfaitement que j'ai confiance en vous.

Elle leva les yeux vers lui, et leurs regards se croisèrent sans pouvoir se détacher l'un de l'autre.

Après le dîner, au cours duquel Nadia s'était efforcée de manger un peu de chaque mets, ils revinrent ensemble dans le salon et se dirigèrent d'instinct vers les grandes portes-fenêtres ouvertes sur le jardin paisible d'où s'élevait le parfum des roses en pleine floraison. Les derniers rayons du soleil couchant enflammaient l'horizon, et il semblait presque impossible que la haine et le danger fussent présents dans le monde. Ils avancèrent lentement vers l'antique cadran solaire, baissèrent les yeux vers les chiffres gravés dans la pierre usée par l'âge et les intempéries.

– Je désire que vous soyez heureuse ici, dit Warren comme s'il poursuivait ses propres pensées.

– Je suis heureuse, murmura Nadia, et je n'ai plus peur de miss Keane... ni de personne d'autre.

À la façon dont elle avait prononcé ces dernières paroles, il la sentait tout de même menacée d'un autre danger, dont elle se refusait à parler et qui semblait très différent des événements qui venaient de se dérouler au manoir. Il avait envie de savoir la vérité, mais lui demander des explications ne ferait que la bouleverser davantage. Elle refuserait d'ailleurs de satisfaire sa curiosité, ainsi qu'elle l'avait déjà fait. Dans cette lumière atténuée du crépuscule, elle était si ravissante, avec sa fragilité presque immatérielle, qu'il était impossible de la concevoir mêlée à des événements dramatiques.

– Je n'ai pas encore eu l'occasion de vous dire que vous avez, hier, joué votre rôle à la perfection, reprit Warren après un long moment de silence. Tous mes parents ont été séduits par vous, et ils sont d'avis que j'ai eu beaucoup de chance de trouver une jeune femme apte à faire une parfaite épouse.

– Ils se sont tous montrés très gentils pour moi, dit Nadia à voix basse, et votre mère a été... merveilleuse.

– Elle prétend que vous possédez toutes les qualités qu'elle espérait trouver chez une bru.

– Elle a dû être bouleversée par ce qui vient de se produire.

– À la suite de mon entretien avec le vétérinaire, je lui ai appris qui était responsable de cet acte, et elle m'a tout simplement répondu que cela ne la surprenait pas.

– Tout comme moi, elle doit craindre que miss Keane ne tente de... vous faire du mal.

– Je ne crois pas qu'il soit dans ses intentions de me tuer.

La jeune fille poussa un petit cri et, de nouveau, avança vivement les mains vers lui.

– Si elle ne peut pas atteindre son but... je veux dire si vous ne l'épousez pas... même après s'être débarrassée de moi, elle éprouvera une telle haine envers vous qu'elle peut tenter de se venger... comme vous le faites vous-même.

Les derniers mots avaient été à peine murmurés, mais Warren les entendit tout de même. Puis, songeant qu'il serait maladroit de paraître trop sérieux, il reprit d'un ton léger :

– Je suis absolument certain que, quoi qu'il arrive, vous me sauverez, ainsi que vous l'avez déjà fait.

– Vous ai-je réellement aidé ?

– Vous le savez très bien. Si vous n'aviez pas

été ici, elle aurait sûrement trouvé le moyen de convaincre mes parents et amis que j'étais dans l'obligation de l'épouser. C'est cela que je prévoyais et que je craignais quand j'ai sollicité votre aide.

Il y eut un moment de silence, au bout duquel Nadia reprit d'une voix hésitante :

– Je pensais que vous souhaiteriez peut-être... mon départ, mais il me semble à présent que ce serait sans doute une erreur.

– Une très grave erreur. Je veux que vous restiez pour continuer à jouer le rôle de ma fiancée jusqu'à ce que nous soyons absolument assurés tous les deux que Magnolia a renoncé à nous jouer un de ses mauvais tours.

Il s'interrompit quelques secondes avant d'ajouter :

– Mais... n'est-ce pas trop vous demander ? Bien que vous ayez refusé de m'en parler, je sens que vous avez déjà connu dans votre vie des événements douloureux. Et je ne veux pas que vous risquiez de vous faire tuer maintenant par une femme jalouse au cerveau manifestement dérangé.

Nadia lui adressa un petit sourire qui lui parut extrêmement courageux et touchant.

– Vous m'avez promis de me protéger.

– C'est bien mon intention. Mais, je vous en prie, Nadia, restez. Je voudrais que vous m'aidiez à mieux connaître les gens dont j'ai maintenant la responsabilité. D'autre part, lorsqu'il s'agira de projeter des modifications ou des améliorations, deux idées vaudront mieux qu'une.

– Vous me flattez, et je suis convaincue que vous êtes fort capable de réaliser tout cela sans aucune aide. Il n'en est pas moins vrai que j'aimerais rester ici.

On sentait derrière ces paroles une crainte qui ne voulait pas s'exprimer.

– Je vous le demande instamment, dit Warren

avec un sourire que bien des femmes avaient déjà trouvé irrésistible. À la vérité, j'aurais beaucoup de peine si vous me quittiez.

– Dieu m'est témoin que je ne souhaite pas vous causer du chagrin.

– Et maintenant, je vais vous expédier au lit, comme une gentille petite fille. Tout comme ma mère, vous avez besoin de vous reposer, et vous savez aussi que je veux vous voir reprendre du poids.

Nadia laissa échapper un éclat de rire cristallin qui résonna comme une musique céleste dans le silence du jardin.

– J'oublie toujours que, en dépit des belles robes que je porte maintenant, ma maigreur vous désole. Je m'efforce de manger, je vous assure, mais il faut me donner un peu de temps.

– Il y a beaucoup d'autres choses que j'aimerais vous donner. Mais il faut pour cela que je puisse me rendre à Londres.

Il semblait avoir oublié que Nadia était différente des autres femmes qu'il avait connues jusque-là; des femmes toujours prêtes à prendre ce qu'il était disposé à leur offrir et même à exiger davantage.

La jeune fille retira sa main, qu'il tenait encore dans les siennes, et elle déclara de cette petite voix grave qu'il connaissait si bien :

– Je vous en prie... j'ai accepté ces belles toilettes parce qu'il m'était difficile de passer pour votre fiancée vêtue de la vieille robe râpée que je portais quand vous m'avez rencontrée à Paris. Mais je serais véritablement contrariée si vous tentiez de me faire accepter autre chose.

Warren réfléchit quelques instants avant de répondre.

– Vous devez bien vous rendre compte que, étant ma fiancée, on s'attend à ce que je vous offre toutes ces petites choses qui exprimeraient mon amour bien plus éloquemment que des mots.

– Non !

La réponse avait été lancée avec tant de fermeté qu'une expression d'intense surprise apparut sur le visage de Warren. Nadia se dit aussitôt qu'elle lui devait une explication.

– Lorsque vous m'avez demandé votre aide, vous avez déclaré que vous me preniez pour une jeune fille de bonne famille. Il s'ensuit tout naturellement que je ne veux ni ne puis accepter de vous autre chose que ce qui est strictement indispensable au rôle que j'ai à jouer.

Ces mots avaient été dits avec une dignité impressionnante. Mais elle ajouta aussitôt d'une voix implorante comme celle d'une petite fille :

– Je sais que maman n'aurait pas approuvé... alors, je vous en prie, ne me gênez pas.

Warren ne pouvait que capituler devant une telle détermination.

– Très bien, dit-il. Je m'incline. Mais je dois vous avouer que je vous trouve exceptionnelle et fort surprenante. J'ajouterai que je vous respecte et vous admire infiniment pour le courage dont vous avez fait preuve.

Il vit, à la clarté du soir qui tombait, un peu de rouge monter aux joues pâles de la jeune fille, qui battit des paupières et détourna ses regards, pleine de réserve et d'une touchante timidité. Il ne pouvait détacher les yeux de ce ravissant visage qui lui inspirait non seulement le respect, mais aussi une profonde et sincère affection. Cette enfant était sous tous les rapports si différente de Magnolia !

6

Nadia fit le tour du grand salon. Chaque fois qu'elle pénétrait dans cette pièce, elle était saisie d'admiration devant ces merveilleux tableaux. Chacun avait une histoire dont elle souhaitait se souvenir, car Warren lui avait expliqué dans quelles circonstances ils étaient entrés dans la famille. L'un d'eux, en particulier, était un cadeau offert autrefois à ses parents à l'occasion de leur mariage.

– Ma mère adore tout ce qui se trouve dans cette demeure et qui fait réellement partie de sa vie avec mon père.

– On sent que tout cela a été choisi avec amour.

Warren sourit. Seule Nadia était capable de ce genre de remarque, et il s'en souvenait encore durant la nuit, alors que ses pensées revenaient vers elle. Il sentait que pour la jeune fille chaque journée était un enchantement qu'elle ne pouvait exprimer en paroles. Ses souffrances, ses épreuves, elle voulait les tenir secrètes, elle se refusait encore à en parler parce qu'elles lui avaient été trop douloureuses et s'étaient achevées par la mort de sa mère. Or, se trouver désormais à Buckwood, c'était un peu échapper à ses frayeurs et aux horreurs qu'elle avait connues pour se trouver projetée dans un paradis rempli de soleil et de joie.

« Comment ai-je pu vouloir mourir, se demandait-elle, alors que je peux vivre ici ? » Elle se réveillait la nuit en songeant que la journée qui venait de s'écouler avait été merveilleuse et en souhaitant que la prochaine fût aussi bonne. Mais aussitôt, elle éprouvait au niveau du cœur un petit élancement douloureux à l'idée que ce bonheur pourrait brusquement prendre fin. Elle se demandait combien de belles journées s'écouleraient encore avant que Warren ne décidât qu'il n'avait plus besoin de son aide et de sa compagnie. Cette pensée était tellement angoissante qu'elle s'efforçait de profiter de chaque journée, de chaque heure, de chaque minute, de manière à ne pas laisser échapper la moindre parcelle de bonheur.

En ce moment, son regard admiratif fixé sur le tableau de Reynolds qui se trouvait au-dessus de la cheminée, elle se disait qu'elle n'oublierait jamais cette toile et la garderait toujours précieusement au fond de sa mémoire; elle la verrait avec les yeux de l'esprit en quelque lieu qu'elle pût être reléguée par les événements ultérieurs. Il en était de même de cette scène de genre qu'elle considérait comme particulièrement importante parce qu'elle représentait les ancêtres de Warren avec, à l'arrière-plan, la merveilleuse architecture de Buckwood House.

« Il possède tout ce qu'il est possible d'avoir. » Puis, étant elle-même sans foyer véritable, elle avait honte de ce sentiment d'envie et de jalousie. « J'aimerais pouvoir figurer dans un tableau comme celui-là, se disait-elle encore, et vivre comme les personnes représentées par l'artiste. Je serais alors immortelle. » Cette idée fantasque la ravissait, et elle s'efforçait d'imaginer le cadre qui lui conviendrait le mieux. « Étant donné que je ne possède pas de maison, mieux vaudrait un jardin. » À cette pensée, elle franchit la porte-fenêtre pour se diriger vers le cadran solaire. Là, comme elle l'avait fait avec Warren, elle effleura de ses doigts les chiffres gravés dans la pierre.

À cet instant, elle perçut un bruit bizarre qui paraissait provenir d'une porte pratiquée dans le mur de brique rouge. De l'autre côté, s'étendait un verger où les pommes commençaient à changer de couleur. Intriguée, elle descendit le sentier dallé que longeait une épaisse haie de buis et ouvrit la vieille porte. Ne percevant plus rien, elle fit quelques pas dans le verger.

L'instant d'après, elle poussa un cri de frayeur. On venait de lui jeter sur la tête une lourde couverture sombre. Elle n'eut même pas le temps de se débattre que, déjà, elle se sentait soulevée de terre et emportée rapidement dans une direction qu'il lui était impossible de déterminer.

Warren se trouvait dans la bibliothèque, occupé à éplucher le courrier que Mr Greyshott lui avait apporté. Il y avait là plusieurs baux concernant de nouveaux fermiers, ainsi qu'un rapport envoyé par le gérant de son domaine du Devonshire.

Il songeait qu'il lui faudrait sans tarder visiter ses autres propriétés, surtout celle de Newmarket où son oncle gardait ses chevaux de courses. Il avait également déjà reçu un certain nombre de coups de téléphone provenant de personnalités éminentes du comté qui l'invitaient à prendre possession de postes importants. Et il lui était impossible de refuser. Il était encore occupé à lire une lettre du lord-lieutenant du comté, lequel avait assumé les charges du vieux marquis de Buckwood durant la maladie de celui-ci, lorsque Mr Greyshott fit son entrée.

– J'ai pensé, my Lord, que vous aimeriez connaître les résultats de mon entretien avec le vétérinaire.

– Bien entendu. Quelles sont ses conclusions ?

– Il confirme que le poison contenu dans les chocolats provenait d'ici, ainsi que je le soupçonnais.

Warren fronça les sourcils. Il avait déjà éprouvé une certaine irritation lorsque le secrétaire avait prétendu que le poison qui avait failli tuer Nadia devait provenir du château. Le vieux marquis avait toujours détesté voir tuer les chevaux et les chiens trop vieux ou trop malades pour continuer à vivre, et il ne voulait jamais confier à personne le soin de leur « procurer le sommeil ». Il avait donc demandé au vétérinaire de lui trouver un poison agissant instantanément et sans souffrance pour l'animal.

Warren s'était d'abord demandé où Magnolia avait pu se procurer la drogue introduite dans les chocolats et qui avait tué la pauvre Bertha avec une telle rapidité. C'est alors que Mr Greyshott, seule personne à être au courant de ce déplorable accident, avait reconnu la boîte commandée par le marquis avant la maladie qui devait l'emporter. En ce qui concernait le poison, il soupçonnait le malfaiteur de l'avoir pris dans un placard de l'armurerie, fermé à clef, où le marquis le conservait afin que nul ne pût y accéder sans sa permission.

– Comment miss Keane a-t-elle eu connaissance de cette cachette ? s'informa Warren.

– J'imagine que votre cousin a dû lui en parler à un moment ou à un autre, répondit le secrétaire, à moins que ce ne soit Sa Seigneurie en personne. Il lui arrivait de débattre de cette question avec son fils et de déplorer d'avoir à se séparer d'une bête qu'ils aimaient. Miss Keane a pu assister à une de ces discussions.

Il réfléchit un moment avant d'ajouter :

– Je me souviens maintenant que, durant le séjour au château de miss Keane, M. le marquis a dû se débarrasser de l'un de ses chiens qui souffrait d'une tumeur incurable.

– Il faut donc admettre que miss Keane a emporté le poison avec elle lorsque je l'ai chassée.

Mr Greyshott observa quelques secondes de silence avant de répondre :

– Ce qui est certain, c'est que la porte du placard a été fracturée.

Il n'y avait plus rien à dire. Le secrétaire présenta à Warren le rapport de l'autopsie qu'il avait ordonnée. À la vérité, il ne lui apprenait rien qu'il ne sût déjà. Il le mit donc de côté et aborda divers sujets concernant le domaine, jusqu'au moment où Mr Greyshott se retira pour lui permettre de signer le courrier.

– Je reviendrai le chercher dans une demi-heure, my Lord, annonça-t-il.

Certaines lettres étaient fort longues, et Warren n'en avait encore lu que cinq ou six lorsqu'il entendit s'ouvrir la porte.

– Vous êtes trop rapide pour moi, Greyshott, dit-il sans bouger la tête. Je n'ai pas encore fini.

Ne recevant pas de réponse, il leva vivement les yeux et se raidit, frappé de stupeur. C'était Magnolia qui venait d'apparaître. Elle avait abandonné ses vêtements de deuil et était extrêmement séduisante avec sa robe en mousseline de soie rose, de style recherché et ornée de dentelle, qui la faisait paraître encore plus originale que de coutume, et son chapeau à large bord orné de fleurs et de rubans de la même couleur.

Pendant un instant, Warren se contenta de la considérer d'un air confondu. Puis il se leva lentement, comme à regret et irrité de devoir le faire. Pendant ce temps, la jeune fille traversait lentement la vaste pièce, d'une démarche étudiée, pour mieux se mettre en évidence. Warren ne lui adressa la parole que lorsqu'elle fut tout près de sa table de travail.

– Que faites-vous ici, Magnolia ? Vous savez pourtant que je n'éprouve aucun désir de vous voir.

– C'est en cela que nous différons, mon très cher Warren. Moi, je désirais vous voir, et quand vous aurez entendu ce que j'ai à dire, vous comprendrez, j'en suis certaine, qu'il serait sage de votre part de m'écouter jusqu'au bout.

– Je n'ai aucune intention de vous écouter, et nous n'avons plus rien à nous dire, répliqua le marquis d'un ton ferme. Allez-vous-en et laissez-moi tranquille.

Tout en parlant, il avait repris sa place dans son fauteuil, et il considérait d'un air glacial son importune visiteuse, debout de l'autre côté du bureau, se demandant s'il allait l'accuser d'avoir tenté d'empoisonner Nadia ou s'il valait mieux garder le silence. Elle laissait peser sur lui un regard troublant, et ses yeux, à demi voilés par ses longs cils noirs, avaient une lueur de triomphe qu'il ne parvenait pas à interpréter.

Elle tenait dans sa main un papier qu'elle posa sur le bord du bureau, et il y avait quelque chose de presque provocant dans sa manière d'ôter ses longs gants de chevreau. Puis, présentant sa main gauche aux regards étonnés de son ex-fiancé, elle demanda d'une voix suave :

– Voyez-vous ce que je porte ?

Intrigué par toute l'attitude de Magnolia, Warren baissa les yeux et vit briller à l'annulaire de sa main gauche une bague qu'il lui avait offerte. Il se rappelait le jour où il l'avait achetée dans une bijouterie de Bond Street. Il avait posé ses lèvres sur la bague d'abord, sur le doigt de la jeune fille ensuite avant de lui déclarer :

– Puisqu'il est impossible, actuellement, de nous marier ou même de nous fiancer officiellement, je vous attache à moi par ce bijou qui symbolise que vous m'appartenez pour l'éternité.

– Oh ! mon chéri, je ne demande pas autre chose ! s'était-elle écriée.

– Et vous ne m'échapperez pas, avait ajouté Warren. Même s'il vous est impossible de porter cet anneau durant la journée tant que nous ne sommes pas réellement fiancés, je veux que vous me promettiez de le garder durant la nuit lorsque vous rêvez de moi.

– Je n'y manquerai pas, vous pouvez en être sûr.

Elle avait abaissé les yeux sur la bague d'or sertie de petits diamants, puis avait offert ses lèvres au jeune homme qui l'avait embrassée ardemment, avec une passion possessive qui les avait tous les deux laissés hors d'haleine.

Et ce souvenir, qui lui revenait à présent à l'esprit, le remplissait d'amertume.

– Je vous ai dit de vous en aller ! dit-il d'une voix dure. Si vous n'obéissez pas sur-le-champ, je vais sonner les domestiques et vous faire jeter dehors.

– Je doute fort que vous le fassiez lorsque vous aurez entendu ce que j'ai à dire.

Reprenant la feuille de papier, elle déclara d'une voix étrange :

– Voici une licence de mariage qui porte nos deux noms.

– Que signifie cette plaisanterie ? s'écria Warren.

– Nous pouvons être mariés sur l'heure, expliqua Magnolia. D'après mes renseignements, le pasteur se trouve en ce moment dans son presbytère.

– Vous avez dû perdre la raison. Je ne désire pas plus vous épouser que je ne voudrais épouser le diable en personne.

Il y avait une note de violence dans ses paroles, car il se sentait submergé par une vague de colère qu'il lui était impossible de réprimer. Magnolia, en revanche, restait parfaitement calme. Elle se contenta de poser la licence devant lui avant de reprendre sur un ton inquiétant :

– Si vous ne m'épousez pas, cette fille que vous appelez votre « fiancée » mourra !

Warren demeura un instant pétrifié, avant de demander d'une voix qu'il s'efforçait désespérément de garder froide et calme :

– J'aimerais bien savoir ce que vous voulez dire.

– Tout simplement qu'on l'a conduite en un lieu où vous ne la retrouverez jamais et où on la laissera mourir de faim si vous refusez de m'épouser comme je vous le demande.

Un silence pesant régna quelques instants dans la vaste bibliothèque.

– Je ne vous crois pas ! dit enfin Warren.

Magnolia le considéra de ses yeux mi-clos derrière ses longs cils, puis apparut sur ses jolies lèvres un sourire qui ajoutait encore à l'horreur de toute cette conversation. Il se rendait parfaitement compte qu'elle s'évertuait à le séduire, sûre au fond d'elle-même qu'il lui serait impossible de ne pas répondre à ses avances. Elle leva la tête vers lui dans un mouvement étudié dont elle savait qu'il mettait en valeur les courbes harmonieuses de son long cou et de sa gorge.

– Cette jeune personne a été enlevée dans le jardin du manoir et cachée en un endroit où, si habile que vous soyez, mon cher Warren, vous serez incapable de la découvrir.

Elle haussa ses belles épaules d'une manière qui, cette fois, accentuait les lignes sinueuses de son élégante et souple silhouette.

– Et même si, au bout de vos recherches, vous finissez par la retrouver, ajouta-t-elle, il sera trop tard : elle sera morte.

Warren retint son souffle, comme s'il lui était impossible d'ajouter crédit à une telle histoire. Baissant alors les yeux vers la licence de mariage, il constata qu'elle portait effectivement son nom et celui de Magnolia Keane. Il connaissait assez bien la jeune fille pour savoir qu'elle devait en ce moment se sentir transportée de joie à la pensée qu'elle l'avait acculé et placé dans un cruel dilemme : accepter les conditions qu'elle lui dictait, ou bien laisser mourir Nadia.

Après d'interminables secondes d'un silence angoissant, il reprit la parole.

– Je suis sûr, Magnolia, que nous pouvons parvenir à une meilleure solution que celle qui consiste à me soumettre à ce qui constitue, vous le savez, un chantage criminel.

Magnolia laissa fuser un éclat de rire.

– Que de grands mots ! Mais ne voyez-vous pas, mon adoré, que vous ne pouvez faire autrement que de m'épouser ?

Il aurait voulu lui crier que rien ni personne ne pourrait l'y contraindre. Mais il revit par la pensée le visage de Nadia tel qu'il était apparu à ses yeux le soir où il l'avait sauvée de la mort et constaté avec horreur qu'elle souffrait de malnutrition. À présent, depuis que la jeune fille se trouvait à Buckwood, ces marques de privations s'estompaient progressivement, et elle embellissait chaque jour. Son menton était moins accusé, ses poignets moins osseux, les petites lignes qui marquaient les coins de sa bouche disparaissaient peu à peu, et tout cela mettait en valeur sa radieuse jeunesse. Lorsque son visage s'animait et qu'elle faisait entendre son rire harmonieux, elle était si belle qu'il avait du mal à reconnaître en elle la jeune fille malheureuse et terrifiée qui avait décidé de mettre fin à ses jours. Mais Warren était un garçon sensé, et il comprenait que si elle était de nouveau soumise à de dures privations, il serait sans doute malaisé de la sauver une seconde fois.

Magnolia, qui semblait lire le déroulement de ses pensées, avait une note de triomphe dans la voix lorsqu'elle reprit la parole.

– Il ne sert à rien de vous creuser la tête pour trouver une autre solution, Warren. Si intelligent et brillant que vous soyez, cette fois j'ai gagné. Et vous avez perdu !

Elle s'interrompit, mais reprit au bout d'un instant en constatant que son adversaire gardait le silence.

– Quand nous serons mariés, chéri, je saurai bien vite me faire pardonner. Vous aurez en moi tout ce que vous souhaitez trouver chez une épouse et aussi chez une maîtresse.

Elle fit encore entendre un petit rire avant d'ajouter :

– Je sais que personne ne saurait être un amant plus ardent et plus passionné que vous. Bien que mon cerveau ait toujours rêvé d'épouser un pair du royaume, mon corps a toujours été attiré par le vôtre, et je vous promets que nous serons très heureux ensemble.

Elle comprit soudain que Warren ne l'écoutait plus.

– Dites-moi où vous avez emmené Nadia ! ordonna-t-il d'un ton sans réplique.

– Je vous le dirai après la cérémonie. Nous pouvons nous rendre tout de suite à l'église et vous demanderez à votre cocher de nous suivre dans une autre voiture. Dès que vous aurez remis cette bague à mon doigt, il pourra aller récupérer cette fille, à condition qu'elle reste hors de ma vue.

Elle avait parlé avec une extrême sécheresse qui trahissait sa haine pour celle qui avait pris sa place dans le cœur de Warren, lequel n'avait aucune chance de la sauver à moins de céder au chantage de Magnolia.

Une fois de plus, il considéra la licence posée sur son bureau, essayant vainement de trouver une solution. La possibilité de sonner les domestiques lui traversa un instant l'esprit. On pourrait ensuite demander à Mr Greyshott d'organiser des recherches à travers tout le domaine. Mais cela serait une source de cancans et de scandale dont les journaux pourraient tirer parti. Et rien ne saurait lui causer plus de tort ainsi qu'à sa famille. D'autre part, il serait bien malaisé d'entreprendre des recherches pour retrouver Nadia sans posséder le moindre indice sur l'endroit où Magnolia l'avait fait cacher. Il y avait deux mille hectares de terres autour de Buckwood, et durant le séjour de Warren en Afrique, la jeune fille y était demeurée en compagnie de Raymond, à l'exception des périodes qu'ils passaient à Londres. Elle devait donc connaître des tas d'endroits où une pauvre enfant faible et fragile comme Nadia pourrait demeurer introuvable pendant des semaines sinon des mois.

Le désespoir au cœur, Warren tenait les yeux rivés à sa grande table de travail dont le cuir portait, gravées en or, les armoiries de Buckwood. Il y avait là tout ce que l'on trouve d'ordinaire sur un bureau : un encrier massif, un plumier, un pot contenant de la grenaille qui servait à nettoyer les plumes, un très élégant chandelier dont la bougie était utilisée pour faire fondre la cire à cacheter, une lourde règle, une paire de ciseaux et un coupe-papier, tous ces objets incrustés d'or et portant l'emblème de Buckwood.

Comme sous l'influence irrésistible d'une partie secrète de son cerveau, les yeux fascinés de Warren se posèrent sur la longue lame du coupe-papier. Et soudain, en un éclair, il sut ce qu'il fallait faire.

– Donnez-moi votre main, dit-il en tendant la sienne vers Magnolia.

Elle obéit sans manifester la plus légère surprise. À son annulaire scintillait la bague qu'il lui avait autrefois offerte. Il referma ses doigts sur cette main fine et parfumée, tandis que le regard de la jeune fille s'éclairait d'un sourire plein de séduction.

De son autre main, Warren se saisit vivement du coupe-papier, et la lame bien aiguisée vint dessiner une longue estafilade sur le dos de la main de Magnolia, qui sursauta d'abord, puis poussa un cri strident en considérant d'un air incrédule la blessure d'où s'écoulait le sang. Elle tenta tout naturellement d'arracher sa main à l'étreinte de Warren, mais en vain. Sans la lâcher, il se leva, contourna la table et vint se planter devant elle, leurs visages à quelques centimètres l'un de l'autre.

– Comment avez-vous osé ! s'écria-t-elle. Vous m'avez blessée, Warren. Affreusement blessée.

– Et j'ai l'intention de faire beaucoup mieux encore, à moins que vous ne m'indiquiez sur l'heure l'endroit où vous avez caché Nadia.

– Ma main saigne, Warren !

Le sang coulait effectivement le long de sa main et jusque sur celle de son adversaire, lequel reprit la parole sur un ton plus calme.

– Cela va laisser sans aucun doute une vilaine cicatrice, et si vous ne me donnez pas immédiatement le renseignement que je demande, je vais de la même manière vous balafrer une joue puis l'autre.

– Vous n'oseriez pas !

Ces paroles étaient prononcées d'un air de défi, mais une lueur de panique passait dans ses yeux tandis qu'elle tentait vainement de reculer.

– Vous m'avez poussé à bout, reprit Warren, et je n'hésiterai pas à vous défigurer. Maintenant, à vous de choisir. Que préférez-vous ?

Tout en parlant, il levait le coupe-papier dont la pointe, aussi aiguë que celle d'un poignard, s'approchait, menaçante, du visage de Magnolia épouvantée. Pendant un instant, elle parut vouloir continuer à résister. Puis, se sentant définitivement battue, elle se rendit.

– Très bien, dit-elle d'une voix sourde. Elle est dans la mine d'ardoise.

– Ce n'est pas un mensonge ?

– Non.

– Si vous m'avez induit en erreur, je vous jure que je vous retrouverai et que je mettrai ma menace à exécution.

Il marqua un temps d'arrêt avant d'ajouter :

– N'en doutez pas, Magnolia ! Je vous marquerai de telle sorte que, dans l'avenir, votre beauté ne risquera pas d'aveugler un autre imbécile sur la vilenie de votre caractère.

Il lui lâcha si brusquement la main qu'elle faillit tomber. Tandis qu'elle s'efforçait de reprendre l'équilibre, Warren jeta le coupe-papier sur le tapis et quitta la pièce en claquant la porte derrière lui.

Les hommes qui avaient enlevé Nadia dans le jardin du manoir l'avaient jetée dans une voiture qui s'était aussitôt mise en marche. Tombée brutalement sur la banquette, elle devinait que ses ravisseurs avaient sauté dans la voiture et étaient assis en face d'elle, tournant le dos au cocher. Elle était à ce point effrayée que, pendant un moment, il lui sembla que son cerveau se refusait à fonctionner. D'autre part, elle éprouvait des difficultés à respirer en raison de l'épaisseur du tissu qui la recouvrait, tremblait de la tête aux pieds, et ses lèvres étaient sèches.

Elle aurait voulu crier, mais elle n'en avait pas la force. D'ailleurs, nul n'aurait pu entendre ses appels au secours. Et puis, ces hommes auraient été capables de la frapper pour la faire taire. C'étaient, à n'en pas douter, ceux qui les avaient poursuivies, sa mère et elle, à travers l'Europe, et elle souhaita de nouveau mourir, car elle était incapable d'affronter sans perdre la raison le sort qu'on lui réservait. « Laissez-moi mourir, mon Dieu, je vous en supplie ! Laissez-moi mourir. » Tout de suite après avoir murmuré ces mots au fond de son cœur, elle tourna ses pensées vers Warren. « Sauvez-moi ! Sauvez-moi ! » criait dans la nuit son pauvre cœur désemparé.

Elle savait pourtant bien qu'il ne pourrait pas venir à son secours. Elle devait trouver un moyen de se tuer avant que ces hommes, assis sur la banquette opposée, ne l'aient assassinée d'une manière effroyable. Elle éprouvait une frayeur si atroce qu'elle sentait claquer ses dents et ses larmes couler le long de ses joues. Puis elle entendit un des bandits qui s'adressait à son compagnon.

– C'est loin ?

– Non, répondit l'autre. Nous y sommes presque.

Nadia se sentit envahie par un si vif soulagement qu'elle eut presque l'impression d'avoir recouvré la liberté. Car – il était impossible de s'y tromper – l'accent de ses ravisseurs était incontestablement anglais. Elle avait redouté tout autre chose.

Ces hommes étaient évidemment aux ordres de Magnolia Keane. Cet enlèvement était certes assez terrifiant, mais pas autant que celui qu'elle avait redouté quelques instants plus tôt. Si elle ne se trompait pas dans ses déductions, Warren allait se lancer à sa recherche. Elle ne voyait pas trop comment il pourrait s'y prendre, mais elle avait la certitude qu'il la sauverait. Elle en était tellement sûre qu'elle lui adressa encore une muette prière, ses pensées s'envolant vers lui sur les ailes de l'amour. « Sauvez-moi ! Sauvez-moi ! »

Il lui semblait presque le voir qui écoutait son appel au secours, tandis que dans ses yeux gris passait une lueur rassurante. C'est alors qu'une lumière aveuglante sembla illuminer l'obscurité qui l'emprisonnait, et elle comprit qu'elle l'aimait. Oui, elle l'aimait depuis longtemps, mais sans deviner dans son innocence que le sentiment qu'elle éprouvait pour lui était de l'amour. Elle avait connu une indicible joie au cours de leurs promenades à cheval et durant leurs conversations. Chaque fois qu'il entrait dans la pièce où elle se trouvait, elle sentait son cœur bondir vers lui, vers cet homme plein de force et d'élégance. « Je l'aime ! se dit-elle. Je l'aime, mais je ne suis rien pour lui : seulement une pauvre fille qu'il a engagée pour l'aider à se débarrasser de cette terrible et méchante femme. » Presque malgré elle, sa supplication à Warren finit par se transformer en une prière de gratitude adressée à Dieu qui n'avait pas voulu qu'il épousât Magnolia Keane. Comment l'aurait-il pu, d'ailleurs, après sa tentative de meurtre qui n'avait échoué que grâce au sacrifice d'une pauvre vieille chienne ?

Durant toute la nuit qui avait suivi, Nadia avait été submergée par l'horreur de ce qui s'était passé, avec l'impression que quelque chose de froid et de dur lui emplissait la poitrine. Ce fut seulement le lendemain, lorsqu'elle avait accompagné Warren, ainsi qu'il le lui avait demandé, dans sa visite aux fermiers de son domaine, que cette étrange douleur disparut, car elle était capable de tout oublier dans les moments où elle se trouvait auprès de lui.

À présent, Magnolia essayait de nouveau de l'assassiner, et Warren était le seul à pouvoir l'arracher à la mort qui la menaçait. « Sauvez-moi ! criait encore son cœur affolé. Sauvez-moi, je vous en prie. Venez à mon secours. » Elle redoutait que ces deux bandits ne la tuent d'un coup de revolver ou de couteau avant l'arrivée de Warren. Mais elle était intelligente, et elle se reprit aussitôt. Si ces hommes avaient eu l'ordre de l'assassiner, ils auraient parfaitement pu le faire dans le jardin du manoir sans prendre la peine de l'enlever pour l'emmener ailleurs. S'ils avaient eu l'intention de la noyer, le lac était tout proche. Or, la voiture poursuivait sa route, sans qu'elle pût déterminer la direction qu'on prenait. Magnolia avait donc ourdi un autre plan. Sans doute allait-on la jeter dans quelque profonde crevasse, ou bien l'emprisonner en un endroit d'où elle ne pourrait s'échapper et où elle mourrait lentement, misérablement, de faim.

Tout cela était absolument effrayant. Pourtant, elle gardait au fond du cœur un faible rayon d'espoir : peut-être Warren pourrait-il, au dernier moment, faire échouer l'infâme projet de Magnolia. C'était, en somme, une sorte de combat amoureux qui s'était transformé en un affrontement haineux et implacable. Et les deux adversaires étaient d'autant plus agressifs et violents qu'ils avaient été plus proches dans le passé. Telles étaient les conclusions qu'elle tirait de la situation. Si terrifiée qu'elle fût, elle avait la conviction que Dieu était avec elle et que le bien devait forcément triompher du mal.

La voiture fit halte, et elle entendit un des deux hommes s'adresser à son complice.

– Nous y sommes. Mais te presse pas, il nous faut d'abord ouvrir la porte.

Ils descendirent, et Nadia sentit qu'elle était seule dans la voiture. Il y eut un long silence. Puis un cheval secoua la tête en faisant crisser son harnais. Le cocher se racla la gorge.

Elle se demanda s'il lui serait possible de se débarrasser de cette épaisse couverture qui l'emprisonnait jusqu'aux genoux. Mais si l'homme assis sur le siège l'entendait bouger, il donnerait aussitôt l'alarme. Ses deux acolytes accourraient sans perdre une seconde, et ils seraient fort capables de la battre jusqu'à ce qu'elle perde connaissance.

-J'ai peur, mon Dieu, j'ai peur ! murmura-t-elle. Puis, invoquant Warren : Sauvez-moi ! Je vous aime… Oh ! sauvez-moi.

Elle répétait inlassablement ces paroles, tout en songeant que, si on la tuait, Magnolia trouverait peut-être encore le moyen de se faire épouser par Warren. Et s'il refusait, elle lui ferait autant de mal qu'elle le pourrait. « Elle est folle et impitoyable ! »

Soudain, son cœur se serra. Elle entendit parler les deux hommes, et leurs voix se rapprochaient d'une seconde à l'autre. L'instant d'après, la portière de la voiture s'ouvrit, et elle se sentit tirée à l'extérieur, puis transportée sur une certaine distance. Le terrain paraissait être en pente, accidenté par endroits, et elle craignait qu'on la laissât choir sur les cailloux. On parvint tout de même sans encombre au bas de la descente, pour parcourir ensuite une brève distance en terrain plat.

– 'tention à ta tête ! grommela un des hommes.

Sans doute se courbaient-ils pour passer sous une porte basse; à moins qu'il ne s'agît d'un tunnel ou d'une galerie. Et soudain, on la laissa tomber à terre avec si peu de ménagement qu'elle étouffa un gémissement de douleur. Avant même d'avoir repris son souffle, elle entendit s'éloigner ses ravisseurs dont les pas faisaient crisser le sol caillouteux. Dans le lointain, une porte claqua violemment, et une clef tourna dans une serrure. Puis Nadia perçut le bruit des roues de la voiture qui s'éloignait en cahotant.

Elle essaya de bouger de l'endroit où on l'avait laissée tomber, et il lui fallut déployer un effort surhumain pour faire remonter le lourd tissu jusqu'à ses épaules et le rejeter ensuite en arrière de manière à dégager sa tête. Dans l'instant de terreur qui suivit, elle se crut morte ou bien frappée de cécité, car il faisait aussi noir que lorsqu'elle était emprisonnée sous la couverture, et il flottait autour d'elle une odeur fade et écœurante d'humidité. Ses yeux hagards s'efforcèrent de percer les ténèbres. Au bout d'un moment, elle finit par distinguer devant elle, très loin, une pâle clarté qui venait sans doute de la porte que les hommes avaient refermée derrière eux en s'en allant.

Elle n'osait pas bouger. Pourtant, il lui fallait

absolument découvrir où elle se trouvait. Elle se leva donc avec prudence et, se rappelant que ses ravisseurs avaient dû se courber pour franchir la porte, elle porta les mains au-dessus de sa tête. Elle sentit sous ses doigts quelque chose de froid avec des arêtes coupantes. Elle pouvait juste se tenir debout, et elle comprenait que si elle se déplaçait elle aurait intérêt à baisser la tête.

Elle tourna de nouveau ses regards vers la faible clarté qu'elle distinguait au loin et, ramassant la couverture qui gisait maintenant sur le sol, elle se mit en marche, lentement, courbant la tête et les épaules, tâtant le terrain du bout du pied avant chaque pas. À mesure qu'elle avançait, la lumière se faisait plus intense, et elle constata bientôt qu'elle filtrait par les interstices existant entre la porte et les parois de son étrange prison. Elle sut alors qu'elle se trouvait dans une mine. Mais elle ne percevait pas l'odeur caractéristique du charbon. Il s'agissait d'une autre odeur dont il lui était impossible de deviner la nature.

Elle avança prudemment les deux mains vers la porte constituée de deux solides panneaux de bois. Elle tenta vainement de la repousser et se mit à la frapper de ses poings.

– Au secours ! cria-t-elle d'une voix rauque. Au secours !

La longue galerie sombre lui renvoya l'écho. Ses appels étaient purement instinctifs, car elle savait fort bien que personne ne pourrait les entendre; dans le cas contraire, les hommes ne l'auraient pas enfermée en cet endroit. Elle éprouvait une peur atroce à se trouver seule, à sentir planer sur elle la mort affreuse qui l'attendait. Car elle allait mourir de faim et de soif, et il pourrait s'écouler des mois, sinon des années, avant que quelqu'un n'ait l'idée de pénétrer dans cette mine abandonnée. Si Warren ne parvenait pas à retrouver sa trace et à la sauver à temps, cette horrible Magnolia aurait gagné la partie.

Elle poussa un soupir, étendit la couverture sur le sol et, assise le dos contre la lourde porte, elle se mit à prier. Cette fois, la prière ne s'adressait pas à Dieu, mais à Warren.

– Sauvez-moi... sauvez-moi... venez à mon secours ! Je vous aime... et je ne veux pas mourir... avant de vous avoir revu.

7

Devant la grande porte se trouvait le cabriolet dont Warren se servait habituellement pour aller inspecter le domaine ou pour se rendre chez sa mère, au manoir. Il sauta sur le siège et se saisit des rênes. Le garçon d'écurie qui tenait les chevaux bondit à ses côtés, et la voiture démarra à grande allure.

Warren connaissait l'emplacement de cette mine désaffectée, bien qu'il n'y fût pas allé depuis des années, mais il se demandait comment Magnolia avait pu en apprendre l'existence. Peut-être l'avait-elle repérée durant la saison de la chasse, car il sortait parfois quelques renards des bois et des fourrés environnants. Mais, après tout, c'était seulement Nadia qui l'intéressait, car cet ignoble enlèvement allait la plonger dans l'angoisse et le désespoir, et elle se trouverait rapidement dans le même état de dépression que le soir où il l'avait rencontrée sur les berges de la Seine. Le seul fait de penser à ses souffrances lui faisait venir des envies de meurtre. Il se faisait tellement de souci pour son sort qu'il éprouvait au fond de lui-même une véritable douleur physique qu'il n'avait encore jamais ressentie.

Tout en poursuivant sa route, il se demandait comment il allait s'y prendre pour consoler cette pauvre enfant, pour lui faire admettre qu'une semblable fatalité ne se produirait plus jamais, qu'il serait toujours là pour l'aimer et la protéger. Il éprouvait depuis longtemps pour elle un sentiment profond. Une affection nuancée de tendresse, avait-il songé. Mais brusquement, en un éclair aveuglant, la vérité venait de lui apparaître. Ce qu'il ressentait pour elle au fond du cœur était plus profond et plus mystérieux à la fois. C'était de l'amour. Un amour fou qui l'éblouissait et enflammait tout son être. Après la façon dont Magnolia l'avait traité, après toutes les vicissitudes qu'il avait connues, il s'était juré de ne plus jamais se laisser aller à aimer une autre femme. Mais cette fois, tout était différent.

Dès l'instant où il avait rencontré Nadia – si pathétique et si courageuse à la fois – il y avait eu entre eux une étroite affinité à laquelle il ne pouvait donner un nom, et c'était bel et bien à ce moment-là qu'il était tombé amoureux. Lorsqu'ils avaient ensemble mis au point le plan qui devait tromper M. et Mme Blanc d'abord, sa mère et ses parents ensuite, il avait senti confusément qu'il avait devant lui une jeune fille exceptionnelle qui saurait jouer à la perfection le rôle qu'il lui assignait.

Il ne s'était pas trompé : Nadia s'était comportée en grande dame. Elle s'était montrée charmante envers tous ses parents, et avait déployé une indicible grâce dans les salons de Buckwood comme si elle y était véritablement chez elle. En l'observant, Warren avait senti renaître en lui un sentiment qu'il croyait mort à jamais. Tout d'abord, il ne l'avait pas reconnu parce que tellement différent de ce qu'il avait éprouvé pour Magnolia. Celle-ci avait allumé en lui un ardent désir; la flamme qui les unissait était une passion tumultueuse et irrésistible, mais purement physique.

Au contraire, son inclination pour Nadia était d'ordre plus spirituel. Il était certes attiré par sa beauté, mais c'était son âme qui l'intéressait, qui l'intriguait, qui l'amusait. Il souhaitait par-dessus tout veiller sur elle, la protéger contre tout le mal qui risquait de l'atteindre, faire disparaître à jamais de ses yeux la frayeur qu'il y lisait parfois. Il retint son souffle à la pensée de la terreur qui devait la bouleverser en ce moment même. Bien que ne sachant à peu près rien du domaine de Buckwood, elle sentait sûrement que, dans une mine désaffectée où personne ne se rendait jamais, elle pouvait demeurer ensevelie pendant des siècles. Comment était-il possible que Magnolia eût apporté avec elle, dans ce coin paisible de la campagne anglaise, des actes aussi horribles que l'empoisonnement et l'enlèvement d'une innocente jeune fille ? Warren s'en voulait d'avoir été assez stupide pour ne pas comprendre qu'elle était résolue à atteindre son but par tous les moyens, même les plus insensés.

Elle avait désespérément souhaité devenir marquise de Buckwood, puis avait perdu la chance qui se trouvait à sa portée, et sa déception avait mis en évidence tout ce que son caractère comportait de vil et de diabolique. « Comment aurais-je pu deviner, se dit Warren, que derrière sa beauté se dissimulait une âme démoniaque ? »

Et soudain, une idée affreuse traversa son esprit. Magnolia était tellement décidée à se débarrasser de Nadia qu'elle avait peut-être donné aux ravisseurs de la jeune fille l'ordre de la tuer avant de la déposer dans la mine. Et cette pensée lui traversa le cœur comme une épée. S'il perdait Nadia, il aurait tout perdu : un amour si précieux, si incomparable qu'il ne le retrouverait jamais, dût-il vivre cent ans.

Il activa encore ses chevaux, à la grande surprise du garçon d'écurie. Celui-ci était tout jeune et trop timide – peut-être aussi trop stupide – pour poser des questions ou même sentir qu'il se passait quelque chose d'inhabituel.

Warren devait suivre à travers bois un chemin raboteux et malaisé avant de parvenir à un vaste chaume et à un autre bosquet au-delà duquel le terrain descendait vers l'entrée de la mine. Alors qu'il était encore petit garçon, son oncle lui avait expliqué que l'ardoise ne valait pas la peine d'être extraite, car la vente ne remboursait même pas les frais d'exploitation et le salaire des ouvriers. Il avait donc jugé préférable de trouver à ceux-ci du travail sur une autre partie du domaine, et on avait fermé la mine. À dater de ce jour, les galeries n'étant plus entretenues, elles étaient devenues peu sûres, et le marquis avait fait installer des portes à l'entrée, de manière à empêcher les enfants d'y aller jouer.

Bien qu'il fût extrêmement pénible de rouler à travers ce chaume rugueux, Warren ralentit à peine l'allure des chevaux. Une fois passé le bosquet, il était facile d'atteindre à pied l'entrée de la mine. Il arrêta donc le cabriolet et confia les rênes au garçon d'écurie.

– Attends-moi ici, Jim ! dit-il en sautant à terre.

Et il s'en fut en courant, poussé par un sentiment d'urgence. Si Nadia n'était pas morte, elle devait être terrifiée de se trouver emprisonnée dans les ténèbres humides de la mine.

Dès le haut de la descente, il constata qu'un gros cadenas maintenait les lourdes portes qui barraient l'entrée de la galerie. Pour la première fois il se demanda si Magnolia était en possession de la clef, et il regretta de ne point s'en être préoccupé plus tôt. Mais il se dit ensuite que les hommes qui avaient emprisonné Nadia l'avaient sans doute emportée avec eux, à moins qu'ils ne s'en fussent débarrassés en la jetant dans les broussailles ou les cailloutis environnants.

Il dévala la pente aussi rapidement que le lui permettait le terrain accidenté. Magnolia ne l'avait-elle pas induit volontairement en erreur ? Peut-être Nadia se trouvait-elle ailleurs, à l'extrémité opposée de l'immense domaine. Parvenu devant les portes, il cria le nom de la jeune fille, d'une voix si rauque et cassée qu'il la reconnaissait à peine.

– Nadia ! Nadia !...

Il s'écoula quelques secondes d'un silence de mort. Des secondes remplies d'angoisse et d'appréhension qui lui parurent durer un siècle. Puis il perçut un cri et une faible voix craintive.

– Warren... c'est vous ?

– Oui, Nadia, c'est bien moi.

– Je savais que vous viendriez... J'ai prié pour que vous veniez... me sauver.

– Ne craignez rien, vous êtes sauvée. Mais il faut que je trouve le moyen d'ouvrir cette porte.

Le cadenas était gros et robuste, et il serait difficile de le faire sauter sans outils appropriés. Mais les lourdes portes, de fabrication grossière, étaient assez mal suspendues sur les gonds, et le destin avait bien fait les choses en permettant à Warren d'acquérir une force physique exceptionnelle au cours de ses longues et dures randonnées dans les déserts d'Afrique. S'arc-boutant contre les grosses planches de chêne, avec une énergie qu'il n'aurait certes pas eue un an plus tôt, il souleva un des battants dont les grosses ferrures rouillées commencèrent à se dégager des gonds. Pendant quelques secondes, il crut qu'il ne résisterait pas à un tel effort. Pourtant, ayant encore soulevé le panneau de quelques millimètres, celui-ci tomba au sol avec fracas.

Nadia apparut sur le seuil, derrière la porte qui obstruait en partie l'entrée de la galerie. Elle l'enjamba et tendit les bras vers son sauveur, venu l'arracher aux ténèbres et au désespoir avant de l'emporter vers le soleil et la joie. Les bras robustes de Warren entouraient maintenant son corps tremblant. Elle était sauvée. Ses prières avaient été entendues et exaucées. Elle enfouit son visage dans l'épaule du jeune homme et fondit en larmes.

– J'avais tellement peur, murmura-t-elle entre deux sanglots, que... vous ne sachiez pas où me chercher; tellement peur que mes cris de détresse et mes appels restent sans écho.

– Je vous ai trouvée, dit Warren d'une voix grave, et je vous affirme, ma chérie, que rien de semblable ne se reproduira jamais.

Toute surprise de ces paroles de tendresse, elle leva les yeux vers son compagnon. Des larmes coulaient le long de ses joues, et elle ne pouvait contrôler le tremblement qui l'agitait. Warren contempla son visage en silence pendant un moment. Malgré ses pleurs, jamais elle ne lui avait paru plus belle.

Penchant légèrement la tête, il effleura de ses lèvres celles de la jeune fille. Elle eut soudain l'impression que les cieux s'ouvraient au-dessus d'elle, que tout ce qu'elle avait rêvé et désiré, tout ce qu'elle avait cru impossible était devenu une merveilleuse réalité. Warren l'embrassait, et c'était la chose la plus extraordinaire du monde.

La bouche de Nadia avait une douceur exquise, qu'il savourait tout en étreignant amoureusement son corps souple qu'il sentait frémir entre ses bras. Mais c'était de ravissement, d'une divine extase qu'il partageait avec elle. Ce contact était si parfait, si différent de tout ce qu'il avait connu auparavant qu'il se sentait transporté de joie et de bonheur. Son baiser se fit plus insistant, plus passionné, sans pour autant perdre de sa douceur. Envahi d'une ivresse nouvelle et inconnue, il pressait amoureusement contre lui la douce jeune fille consentante. Il lui appartenait maintenant de la consoler pour lui faire oublier les dures épreuves passées, de la protéger contre tout ce qui pourrait la menacer dans l'avenir. Le temps semblait s'être arrêté, et ce fut à regret qu'il abandonna sa bouche pour relever lentement la tête.

– Ma chérie, mon amour... Vous n'avez pas de mal, dites ?

– Oh ! Warren... vous êtes là ! Vous êtes vraiment là ! J'avais si peur que... vous ne me retrouviez... jamais !

– Je vous ai trouvée, et personne désormais ne vous fera de mal. Je serai toujours là pour vous protéger.

Il se pencha de nouveau sur ses lèvres entrouvertes pour l'embrasser longuement, lui distillant un baiser possessif, comme s'il voulait s'emparer de son âme, la faire sienne à jamais. Lorsque, après leur interminable étreinte, il contempla son visage, il se dit que nulle femme sur terre ne pouvait montrer un air plus radieux, plus extasié, plus merveilleusement heureux.

– Je vous aime, dit-il dans un souffle. Je vous aime...

– Je... vous aime aussi, répondit doucement Nadia. Mais je n'aurais pas imaginé que... vous puissiez partager mes sentiments.

– Je vous aime comme je n'ai jamais aimé personne, ma tendre chérie. Et, afin de vous mettre définitivement à l'abri de toutes ces horreurs qui n'auraient jamais dû se produire, qui ne doivent pas se répéter, nous allons nous marier tout de suite.

À sa grande surprise, il sentit la jeune fille se raidir entre ses bras, et elle cacha son visage contre sa poitrine.

– Que se passe-t-il, Nadia ? s'étonna-t-il. Ne m'aimez-vous pas suffisamment pour devenir ma femme ?

– Je vous aime de tout mon cœur, de toute

mon âme. Vous remplissez le ciel... le monde entier, et il n'existe pour moi rien ni personne en dehors de vous. Mais... je ne peux pas... vous épouser.

– Pourquoi ? demanda Warren en resserrant son étreinte.

La jeune fille conservait obstinément le silence.

– Vous devez me confier votre secret, mon trésor, insista Warren. Quelle qu'en soit la nature, rien au monde ne pourra m'empêcher de faire de vous ma femme.

– Non... non, murmura Nadia. C'est... impossible. Cela pourrait vous faire du mal.

– La seule chose qui pourrait me faire du mal, ma chérie, ce serait de sentir que vous ne m'aimez pas assez pour avoir confiance en moi.

Il la sentit frémir entre ses bras, preuve évidente du trouble profond qui l'agitait.

– Nous reparlerons de tout cela quand nous serons rentrés. L'endroit où nous nous trouvons n'est pas des plus romantiques pour parler de notre amour.

Nadia releva la tête. Elle souriait maintenant à travers ses larmes.

– Où que nous soyons... c'est romantique lorsque vous me dites que vous m'aimez, murmura-t-elle d'une voix douce. Mais... le pensez-vous réellement ?

– Je vous aime plus que je ne saurais le dire. Jusqu'à cet instant, je ne pensais pas qu'il fût possible d'aimer quelqu'un aussi profondément, avec une telle force. Mais venez, je refuse de m'attarder ici plus longtemps.

Prenant délicatement la jeune fille par la main, il l'aida à gravir la pente rocailleuse, puis à traverser le bosquet pour gagner l'endroit où il avait laissé la voiture. Il la hissa dans le cabriolet, ramassa les rênes, et Jim grimpa à l'arrière.

Durant le trajet, Nadia demeura mollement renversée contre le dossier capitonné. Son cœur chantait parce qu'elle se trouvait près de Warren et qu'il lui avait avoué son amour. Rien d'autre au monde n'existait que ce bonheur unique et nouveau qui l'envahissait, la submergeait tout entière. Pourtant, elle n'avait pas le droit de s'y abandonner. Malgré l'amour profond qu'elle éprouvait pour Warren, elle ne pouvait permettre qu'il devienne, lui aussi, la proie de cette terreur affreuse qui l'avait poursuivie pendant des années pour culminer à la mort de sa mère. « Il faut que je m'en aille, que je le laisse... » Mais en même temps, une angoisse folle s'insinuait dans son cœur amoureux, dans tout son être qui appartenait à celui qu'elle aimait éperdument.

Warren gardait le silence, et elle l'imitait, car Jim, assis derrière eux, aurait entendu leur conversation. La voiture roulait à toute allure. Le bois traversé, elle pénétra dans le parc avant de s'engager dans la grande allée. Warren voulait amener Nadia à Buckwood au lieu de la reconduire au manoir. Il sentait au fond de son cœur qu'elle lui appartenait déjà, et c'était au château – nulle part ailleurs – qu'ils devaient discuter de leur avenir, de leur vie ensemble. Car il était bien résolu à en faire sa femme.

Ayant arrêté le cabriolet devant le grand perron, il sauta lestement à terre et contourna la voiture pour aller aider Nadia à descendre à son tour. Puis, un bras protecteur autour des épaules de la jeune fille, il l'entraîna vers la vaste et somptueuse demeure.

Ils pénétrèrent ensemble dans le grand salon, la bibliothèque étant, dans l'esprit de Warren, trop intimement liée à la récente visite de Magnolia. La pièce était ornée de fleurs, et les derniers rayons du soleil couchant qui entraient par les portes-fenêtres faisaient scintiller le monumental lustre de cristal. Il fit asseoir Nadia sur un des élégants sofas brodés d'or, près de la cheminée où pétillait un beau feu de bois.

– Vous avez été mise à rude épreuve, ma chérie, dit Warren. Puis-je vous servir quelque chose à boire ?

– Non, merci, je n'ai besoin de rien, répondit doucement la jeune fille. Il me suffit de savoir que vous êtes là, près de moi, de savoir que je ne mourrai pas de froid et de faim dans cette horrible mine sombre et humide.

Il la contemplait d'un air extasié, comme s'il ne l'avait encore jamais vue.

– Je dois être affreuse, reprit-elle. La couverture que l'on m'a jetée sur la tête m'a dépeignée, et je suis certainement toute sale.

– Vous êtes absolument ravissante, protesta-t-il d'une voix vibrante. Plus ravissante que toutes les femmes que j'ai pu rencontrer. Oh ! ma chérie, mon amour, quelle chance j'ai eue de vous trouver !

Il faisait allusion, bien sûr, au soir où il l'avait rencontrée, triste et désemparée sur les bords de la Seine.

– Je crois pourtant que je vous ai occasionné... bien des ennuis, répliqua Nadia à voix basse.

– Tout cela est terminé. Mais il y a une chose que vous devez maintenant admettre : si vous voulez empêcher Magnolia de s'en prendre de nouveau à vous, il n'y a qu'une solution, c'est de devenir ma femme.

Il avait emprisonné sa main dans la sienne, et il sentit ses doigts se crisper, alors qu'elle reprenait, plus bas encore :

– Je ne saurais imaginer rien de plus merveilleux que d'être votre femme et de rester toujours à vos côtés. Mais précisément parce que je vous aime, je n'ai pas le droit de vous exposer à un danger.

– De quel danger parlez-vous donc ?

Nadia détourna ses regards, se demandant si le moment était venu de dire toute la vérité, ou bien s'il valait mieux continuer à garder jalousement son secret.

Au même instant, la porte s'ouvrit devant Mr Greyshott.

– J'ai appris que vous étiez rentré, my Lord, dit-il, et j'ai pensé que vous aimeriez avoir les journaux qui viennent d'arriver.

Il s'avança pour les poser sur un petit tabouret disposé près de la cheminée.

– On annonce que le tsar Alexandre III est gravement atteint d'hydropisie et qu'on n'espère pas le sauver. Vous vous rappelez certainement que votre oncle s'est rendu à Saint-Pétersbourg en 1882 pour représenter la reine aux cérémonies du couronnement.

Il leva les yeux vers le marquis dans l'attente d'une réponse qui tardait, car Warren ne pouvait détacher sa pensée de Nadia.

– Bien sûr, je me rappelle, finit-il par murmurer.

Nadia intervint alors d'une voix étrange qui semblait venir de très loin, comme si elle ne lui appartenait pas :

– Vous avez bien dit que... le tsar était... sur le point de mourir ?

– C'est ce que prétendent les journaux, en tout cas, précisa le secrétaire. Le *Morning Post*, en particulier, affirme qu'il se trouve dans un état désespéré.

Tout en parlant, il considérait Nadia avec le plus profond étonnement. Elle avait en effet placé ses mains devant ses yeux, et Warren, assis à ses côtés, sentait qu'elle avait du mal à reprendre le contrôle d'elle-même. Il jeta un coup d'œil significatif à Mr Greyshott, accompagné d'un petit geste de la main. Le secrétaire comprit qu'il fallait les laisser seuls, et il se retira discrètement. Dès que la porte se fut refermée, Warren entoura de son bras les épaules de Nadia et l'attira tout contre lui.

– J'ai l'impression que vous venez d'apprendre une nouvelle importante pour vous, ma chérie.

– Oui, souffla-t-elle toute tremblante d'émotion. Si le tsar meurt... cela signifie que... je suis sauvée... que je n'ai plus rien à craindre. Si seulement... maman était encore en vie !

Warren resserra un peu plus son étreinte.

– Dites-moi tout, mon trésor. D'ailleurs, je crois que vous étiez sur le point de le faire lorsque Greyshott nous a interrompus.

– Je veux que vous sachiez que... je déteste avoir des secrets vis-à-vis de vous.

– Dans ce cas, débarrassez-vous-en.

Elle tourna la tête vers lui. Malgré les larmes qui brillaient encore dans ses yeux, il éprouva l'étrange impression qu'elle était soudain transformée. Ce n'était pas seulement son amour qui irradiait son doux visage. Il semblait aussi que cette détresse dont il ignorait la cause s'était éloignée, l'avait libérée, rendue à elle-même pour la laisser jouir de la gaieté et du bonheur de la jeunesse.

Elle poussa un long soupir avant de murmurer :

– Mon vrai nom est Nadia Korzoki, et je suis la fille du prince Ivan Korzoki.

– Vous êtes donc russe !

– Mon Dieu, oui. Ou plutôt à demi russe. Mais vous saviez déjà que je n'étais pas... tout à fait anglaise.

– Racontez-moi votre histoire.

– Maman était la fille de l'ambassadeur d'Angleterre à Saint-Pétersbourg. Papa et elle se sont épris l'un de l'autre dès leur première rencontre.

Elle tourna vers Warren ses beaux yeux encore humides, mais pleins d'un amour dont il ne pouvait douter.

– Ils devaient cependant, pour se marier, obtenir la permission du tsar Alexandre II, qui ne la leur accorda qu'à contrecœur, car mon père avait du sang royal dans les veines et maman n'était pas noble. Il céda néanmoins, à la condition qu'ils iraient vivre à la campagne, sur le vaste domaine de mon père, à la frontière de la Hongrie.

Nadia marqua un temps d'arrêt comme pour mieux se remémorer le passé.

– Ils furent très heureux et ne regrettèrent jamais les festivités – encore moins les intrigues – de Saint-Pétersbourg.

– C'est donc en Russie que vous avez appris à monter si bien à cheval.

– Et aussi en Hongrie. Mais... n'anticipons pas. Je ne saurais oublier le bonheur qui était le nôtre, bien que papa fût très affecté par la mort du tsar Alexandre II, assassiné il y a treize ans. Son fils, dès son accession au trône, n'eut rien de plus pressé que de revenir sur les réformes qui avaient été faites dans le pays.

Warren écoutait avec la plus grande attention le récit de Nadia, n'osant plus l'interrompre.

– Le premier acte du nouvel empereur fut de déchirer un manifeste, encore non signé, qui prévoyait pour la Russie une forme limitée de gouvernement représentatif. C'était là une idée très chère au cœur de mon père, mais il devint bientôt évident qu'Alexandre III était décidé à ramener en Russie toutes les cruautés que son prédécesseur avait commencé à éliminer.

Il se dégageait de la voix de Nadia une émotion intense, et elle poursuivit dans un souffle :

– Le pire de tout, c'était... sa volonté d'exterminer les juifs.

Warren avait entendu parler de ce projet, et il n'ignorait pas que tout le monde, en Angleterre, avait hautement désapprouvé l'action du tsar. Il ne fit cependant aucun commentaire, laissant la jeune fille continuer son dramatique récit.

– Le nouveau souverain décréta qu'un tiers des juifs serait exterminé, un autre tiers assimilé et le dernier tiers chassé du pays.

Nadia laissa encore échapper un soupir avant de poursuivre d'une voix sourde :

– Le domaine de mon père se trouvant à proximité de la frontière hongroise, beaucoup des juifs qui avaient été rassemblés par les cosaques traversèrent nos terres, enchaînés, mourant de faim et chassés brutalement vers les pays d'Europe occidentale.

La jeune fille retenait visiblement ses larmes.

– Maman pleurait la nuit après avoir vu les souffrances de ces malheureux, et papa les aidait dans toute la mesure de ses moyens, ordonnant à nos gens de leur donner de la nourriture et même, lorsque les cosaques ne les voyaient pas, un peu d'argent.

– Et qu'est-il arrivé ? osa interrompre Warren.

– Papa avait un ami juif, célèbre et brillant chirurgien, qui l'avait opéré ainsi que plusieurs de ses connaissances. Une nuit, il est arrivé chez nous, désespéré. Il avait appris qu'il serait arrêté le lendemain et conduit à Saint-Pétersbourg pour enquête.

La voix de Nadia se fit plus basse encore et plus sourde.

– Nous savions ce que cela signifiait : la torture et une longue et atroce agonie avant la mort.

– Et votre père l'a sauvé ?

– Il les a fait passer en secret en Hongrie, lui et sa femme, après leur avoir remis une somme suffisante pour les aider à recommencer une autre vie dans un pays d'Europe occidentale.

Nadia esquissa de ses deux mains un geste de désespoir.

– Mais, naturellement, le tsar eut connaissance, d'une manière ou d'une autre, de la conduite de mon père. Et il fut pris d'une rage folle à l'idée que nous avions pu aider un juif connu à fuir le pays.

Warren commençait à comprendre ce qui avait dû se produire.

– Le tsarevitch Nicolas, qui avait toujours été dans les meilleurs termes avec mon père, était un jeune homme calme et gentil, quoique courageux. Il le fut d'ailleurs assez pour envoyer un serviteur de confiance avertir papa du danger qui le menaçait.

– Très courageux de sa part, en effet, commenta Warren.

– D'autant plus qu'il craignait terriblement son père. Quoi qu'il en soit, dès que papa eut reçu cet avertissement, il s'empressa de nous conduire jusqu'à la frontière, maman et moi, sachant que son arrestation ne tarderait pas et qu'il serait lui aussi, dans les jours qui allaient suivre, emmené à Saint-Pétersbourg.

– Il ne s'est donc pas enfui avec vous.

– Nous l'avons supplié de le faire, mais il a été intraitable sur ce point. « Je n'émigrerai pas de mon pays, déclara-t-il. D'ailleurs, je ne crois pas que le tsar oserait me faire exécuter pour un acte de bonté envers un vieil ami. »

– Mais il est mort tout de même.

– Il a été... assassiné, mais nous ne l'avons appris que lorsque le tsar a donné l'ordre de nous faire rentrer, maman et moi, pour être jugées, sous l'inculpation d'avoir aidé des juifs, ennemis de la Russie.

– Et c'est pour cela, bien sûr, que vous vous cachiez.

– Nous étions bien obligées, à moins d'accepter de... mourir comme papa.

La voix de Nadia se brisa, et Warren la serra un peu plus fort contre lui.

– Vous me direz la suite une autre fois, si cela vous cause trop de chagrin.

– Non, non ! Je veux tout vous raconter. Je voulais le faire plus tôt, mais... j'avais peur.

Il lui déposa un baiser sur le front, et elle poursuivit avec un cran qu'il trouva vraiment admirable.

– Après cela, notre vie se transforma en véritable cauchemar. En Hongrie, nous séjournions chez des amis, mais nous ne souhaitions pas leur causer d'ennuis. Nous avons donc pensé qu'il serait plus sage de nous rendre en France et, de là, de passer en Angleterre pour nous réfugier chez des parents de maman.

– C'était là un projet parfaitement sensé.

– C'est aussi ce que nous avons pensé au début; mais nous n'avons pas tardé à comprendre que la police secrète ne lâche pas facilement sa proie. Elle nous a traquées à travers toute la Hongrie, et elle n'était pas loin derrière nous lorsque, après avoir traversé plusieurs petites principautés, nous avons finalement atteint la France.

Un petit sanglot lui brisa la voix, mais elle poursuivit courageusement :

– Il est difficile de se rappeler tous les détails, mais c'était terrifiant. Nous savions que les Russes étaient toujours à notre recherche, déterminés à ne pas nous laisser échapper, et il nous fallait naturellement compromettre le moins de gens possible.

Elle marqua un temps d'arrêt.

– Je dois tout de même reconnaître que tout le monde s'est montré très bon envers nous. Nous avons fait le tour des amis, ne nous attardant chez aucun en raison du danger qui planait sur nous, et notre argent fondait peu à peu jusqu'au moment où nous avons dû vendre les bijoux que maman avait emportés avec elle. Ce qui était d'ailleurs dangereux, parce que les Russes qui nous poursuivaient les reconnaissaient sans mal, ce qui leur donnait la certitude qu'ils n'étaient pas loin derrière nous.

– Et lorsque vous êtes arrivées à Paris, il ne vous restait pratiquement rien.

– Rien que les vêtements que nous avions sur nous et si peu d'argent que nous n'avons pu trouver à nous loger que dans la mansarde d'une maison meublée sale et sordide. Et cette misère ne pouvait qu'aggraver la santé déjà bien chancelante de maman.

Nadia ébaucha un geste d'impuissance et de désespoir.

– Vous connaissez le reste de l'histoire. Maman est morte, et comme je n'avais plus rien, absolument rien... j'ai souhaité... mourir moi aussi.

– Grâce à Dieu, j'ai pu vous en empêcher. Et maintenant, mon cher amour, tout ce mauvais rêve est terminé. Le tsarevitch est votre ami, et je suis persuadé que cette cruelle persécution des juifs va cesser dès qu'il montera sur le trône.

– Pensez-vous réellement... que je sois... sauvée ?

– En tant que mon épouse, vous serez à l'abri de tout. Et nous n'allons pas attendre pour nous marier que l'actuel tsar soit mort. D'ailleurs, tout le monde, à l'exception de ma mère, continuera à vous connaître sous le nom d'emprunt que nous avons inventé.

Il déposa un tendre baiser sur la joue de la jeune fille avant de reprendre :

– Plus tard, quand il n'y aura plus aucun risque, nous dirons la vérité, et chacun pensera comme moi que vous avez vécu cette histoire avec une bravoure exemplaire et digne de tous les éloges.

– Ce n'était pourtant pas... très brave... de vouloir mourir.

– Vous avez fait preuve de courage en acceptant de vivre, en me permettant de vous amener jusqu'ici et de jouer le rôle difficile que je vous avais confié.

Elle tourna lentement vers lui son beau visage empreint de tristesse.

– Je vous adore, ma belle petite princesse russe, et toutes les horreurs, toutes les misères sont terminées. Vous allez connaître, en Angleterre, une vie calme et paisible qui vous paraîtra peut-être bien terne et sans grand intérêt après les drames que vous avez vécus.

Il ne voulait pas la taquiner, mais elle laissa échapper un petit sanglot et lui entoura le cou de ses bras.

– Puis-je vraiment rester ? Cela est si merveilleux que j'ai l'impression de rêver et d'être au paradis.

– C'est un rêve qui devient réalité, et je vous assure que lorsque vous serez marquise de Buckwood, il n'y aura pas de police secrète tapie dans les parages. Je m'arrangerai aussi pour qu'il n'y ait pas de femmes jalouses.

– Comment pouvez-vous en être sûr ?

Warren sourit. Il avait menacé Magnolia de représailles qui l'avaient effrayée comme rien d'autre n'aurait pu le faire, et il était sûr d'être désormais définitivement débarrassé d'elle. Son ravissant visage était la seule chose importante à ses yeux, et elle ne voudrait pas courir le risque de se le faire endommager.

– Celle à qui vous pensez ne vous ennuiera plus jamais, affirma-t-il d'un ton rassurant.

Au même instant, il se rappela la licence de mariage avec laquelle Magnolia avait tenté de le faire chanter. Le vieux marquis de Buckwood avait été un ami intime de l'archevêque de Canterbury, que Warren avait aussi rencontré en plusieurs occasions. Il se trouvait en ce moment à Londres où il devait présider un service à la mémoire d'un homme politique célèbre récemment disparu. Warren était certain que s'il lui écrivait pour solliciter une licence spéciale en lui expliquant qu'il rentrait de l'étranger et qu'il lui était impossible de se déplacer, le prélat comprendrait. Il lui serait alors possible d'épouser Nadia dans la chapelle du château sans que personne soit au courant à l'exception de sa mère.

Plus tard, on annoncerait officiellement le mariage en expliquant qu'on l'avait tenu secret en raison du deuil qui frappait la famille. Et alors, on pourrait inviter parents et amis, ainsi que l'avait promis Warren.

Pour le moment, il importait surtout que Nadia ne restât pas seule, tremblant de jour comme de nuit à l'idée de tout ce qui pourrait lui arriver. Warren sentit son cœur bondir de joie dans sa poitrine.

– Laissez-moi m'occuper de tout, mon amour, dit-il. Il n'y a plus aucun problème à résoudre, aucune difficulté à surmonter. Tout ce que vous avez à faire... c'est de m'aimer.

– Je vous aime, Warren. Je vous aime tant ! Mais êtes-vous sûr qu'il soit... bien sage de m'épouser ? Cela pourrait vous causer du tort d'être marié à une Russe recherchée par la police secrète du tsar.

– Une seule chose pourrait m'atteindre et me briser : ce serait de vous perdre et de perdre votre amour. Je voudrais, mon adorée, vous voir oublier toutes les horreurs qui vous ont poursuivie depuis la Russie. Souvenez-vous aussi que votre mère était anglaise.

Sa joue contre celle de la jeune fille, il continua :

– Nous retrouverons ses parents, et vous vous sentirez véritablement chez vous en Angleterre. Jusqu'à présent, vous n'avez pas eu l'occasion de connaître ce pays, mais c'est le mien. Ce sera donc le nôtre et celui de nos enfants.

– C'est ce que je souhaiterais, murmura Nadia, mais je ne peux encore croire que tout cela soit vrai, qu'après tant de terreur et de détresse, je puisse avoir de nouveau... un vrai foyer.

– Je vous prouverai que c'est possible. Je vous aime, et je jure que la détresse et le malheur ne vous atteindront plus jamais.

Il se pencha pour cueillir ses lèvres et l'embrassa longuement, avec tant d'ardeur et de passion que la pièce leur semblait tourner autour d'eux en une prodigieuse ronde qui les enfermait dans leur extase.

Lorsque Warren desserra son étreinte et releva la tête, le soleil descendait à l'horizon dans une splendeur flamboyante, et les corneilles allaient se percher pour la nuit.

– Je vous aime, ne cessait de répéter Warren.

– Je croyais vous avoir entendu dire que, si un jour vous songiez à vous marier, ce serait un mariage de convenance, à la française, chuchota Nadia.

– Je me marie parce que je vous aime et vous désire. Le sentiment que j'éprouve envers vous est totalement différent de tout ce que j'ai pu connaître ou même imaginer.

– Qu'est-ce que vous... éprouvez donc ?

– Je me sens emporté par une passion et un amour fous. Et encore par autre chose.

– Quoi donc ?

– J'ai l'impression d'avoir découvert le plus précieux trésor du monde; un trésor si unique et si merveilleux que je m'engage à le conserver et à le protéger pour l'éternité.

– Et... c'est... moi ?

– Vous, mon adorable chérie.

Warren se leva et tendit la main à sa fiancée.

– Je vais vous ramener chez ma mère, annonça-t-il. Je veux lui dire la vérité sur vos origines, mais rien d'autre. Ensuite, j'enverrai une lettre à l'archevêque, et nous pourrons nous marier après-demain.

Il sourit avant de poursuivre :

– Nous partirons alors comme si nous allions inspecter les autres propriétés que j'ai héritées, mais en réalité pour passer notre lune de miel ensemble, seuls tous les deux.

Nadia respira profondément avant de murmurer dans un souffle :

– Ce sera... merveilleux.

– Nous nous rendrons d'abord dans le Devonshire, où je possède une maison confortable dans un endroit calme et paisible; de là, nous irons dans le Leicestershire pour voir...

Nadia laissa échapper un petit cri, et il s'interrompit.

– Vous faites tout tellement vite que cela me donne le vertige et que j'ai peur...

– De moi ?

– Oh ! non, je ne pourrais jamais avoir peur de vous. Seulement, vous n'avez pas suffisamment réfléchi.

– Je n'ai pas à réfléchir, répliqua Warren d'un ton ferme, car il n'y a pas dans le monde entier un homme qui ait une chance comparable à la mienne. La seule chose qui compte, ma chérie, c'est le fait que nous sommes vivants, que nous sommes ensemble, et je ne vais certainement pas risquer de vous perdre.

Il lui entoura les épaules d'un bras protecteur. Il n'en dit pas plus, mais Nadia comprenait qu'il pensait au poison que Magnolia avait tenté de lui faire absorber avant de comploter son enlèvement. Il devait également songer au soir où il l'avait rencontrée sur les berges de la Seine, fixant de ses yeux hagards les eaux sombres du fleuve, toute prête à faire un pas fatal dans les ténèbres et dans l'oubli.

– J'ai échappé trois fois à la mort, murmura la jeune fille, et maintenant... je vous appartiens.

– J'y compte bien, répondit Warren avec un sourire. La Providence – ou Dieu – vous a donnée à moi, et je n'avais jamais osé espérer un tel rêve : posséder la femme la plus adorable qui soit au monde.

Sa voix avait un accent si passionné que Nadia se rapprocha instinctivement de lui et leva la tête pour lui offrir ses lèvres.

Il la contempla un instant, ravi, avant de lui murmurer d'une voix douce :

– Je t'aimerai, je te vénérerai, je t'adorerai jusqu'à la fin de mes jours.

– C'est la seule chose que je désire, souffla Nadia, et je t'aimerai, moi aussi, jusqu'à la fin du monde, jusqu'à ce que les étoiles tombent du ciel.

Warren s'empara de ses lèvres humides et entrouvertes pour l'embrasser avec une passion dévorante, mais aussi avec une infinie tendresse.

Et elle lui rendit son baiser avec ferveur. Elle savait qu'il avait raison : elle était désormais « chez elle ».

Cinéma et TV

De nombreux romans publiés par J'ai lu ont été portés à l'écran ou à la TV. Leurs auteurs ne sont pas toujours très connus voici donc, dans l'ordre alphabétique, les titres de ces ouvrages :

*A bout de souffle/made in USA 1478***	*Leonore Fleischer*
Angélique, marquise des Anges	*voir page 18*
*L'année dernière à Marienbad 546***	*Alain Robbe-Grillet*
*Annie 1397****	*Leonore Fleischer*
*Blade Runner 1768****	*Philip K. Dick*
*Bleu comme l'enfer 1971*****	*Philippe Djian*
*Les Bleus et les Gris 1742****	*John Leekley*
*Cabaret (Adieu à Berlin) 1213****	*Christopher Isherwood*
*Carrie 835****	*Stephen King*
*Chaleur et poussière 1515****	*Ruth Prawer Jhabvala*
*Chanel solitaire 1342****	*Claude Delay*
*Châteauvallon 1856**** & 1936*****	*Éliane Roche*
*Christine 1866*****	*Stephen King*
*Conan le barbare 1449****	*Sprague de Camp et Carter*
Pour les autres Conan voir p. 27 à HOWARD R.E.	
*Cujo 1590*****	*Stephen King*
*Dallas 1324*****	*Lee Raintree*
*- Les maîtres de Dallas 1387*****	*Burt Hirschfeld*
*- Les femmes de Dallas 1465*****	*Burt Hirschfeld*
*- Les hommes de Dallas 1550*****	*Burt Hirschfeld*
*Damien, la malédiction-2 992****	*Joseph Howard*
*Des fleurs pour Algernon 427****	*Daniel Keyes*
*2001 - l'odyssée de l'espace 349***	*Arthur C. Clarke*
*2010 - Odyssée deux 1721****	*Arthur C. Clarke*
*Le diamant du Nil 1803****	*Joan Wilder*
*Dynasty 1697***	*Eileen Lottman*
*Dynasty (Le retour d'Alexis) 1894****	*Eileen Lottman*
*Ellis Island (Les portes de l'espoir) 1987*****	*Fred M. Stewart*
*E.T. l'extra-terrestre 1378****	*Spielberg/Kotzwinkle*
*E.T. La planète verte 1980****	*Spielberg/Kotzwinkle*
*Enemy 1968****	*B. Longyear et D. Gerrold*
*...Et la vie continue 1869*****	*Dino Risi*
*L'exorciste 630*****	*William Peter Blatty*
*Fanny Hill 711****	*John Cleland*
*Les Goonies 1911****	*Steven Spielberg*
*L'homme aux yeux d'argent 1944****	*Robert Rossner*

Il était une fois en Amérique 1698***	Lee Hays
Jonathan Livingston le goéland 1562*	Richard Bach
Joy 1467** & *Joy et Joan* 1703**	Joy Laurey
Kramer contre Kramer 1044***	Avery Corman
Ladyhawke 1832**	Joan D. Vinge
Love story 412*	Erich Segal
Mad Max 2 1533**	Hayes, Miller et Hannant
Mad Max au-delà du dôme du tonnerre 1864***	Joan D. Vinge
Le magicien d'Oz 1652**	Frank L. Baum
Marianne, une étoile pour Napoléon 601**** & 602****	Juliette Benzoni
La mort aux enchères 1461**	Robert Alley
Les oiseaux se cachent pour mourir 1021**** & 1022****	Colleen McCullough
Officier et gentleman 1407**	Steven Phillip Smith
Outland... loin de la Terre 1220**	Alan Dean Foster
Pavillons lointains 1307**** & 1308****	M.M. Kaye
Peur bleue 1999***	Stephen King
Philadelphia Experiment 1756**	Charles Berlitz
Les Plouffe 1740****	Roger Lemelin
La quatrième dimension 1530**	Robert Bloch
Racines 968**** & 969****	Alex Haley
Ragtime 825***	E.L. Doctorow
Rambo First blood 1924***	David Morrell
Razorback 1834****	Peter Brennan
Rencontres du troisième type 947**	Steven Spielberg
Révolution 1947***	Richard Francis
Rosemary's baby 342***	Ira Levin
Rouge Baiser 2014***	Véra Belmont
Scarface 1615***	Paul Monette
Le secret de la pyramide 1945***	Alan Arnold
Shining 1197****	Stephen King
Staying Alive 1494***	Leonore Fleischer
Sudden Impact 1676***	Joseph C. Stinson
Thérèse Humbert 1838**	Laurence Oriol
37,2° le matin 1951****	Philippe Djian
Le trou noir 1129***	Alan Dean Foster
Verdict 1477***	Barry Reed
Véridiques mémoires 1547***	Marco Polo
Vidéodrome 1648***	Jack Martin
Witness 1855**	Kelley & Wallace

2005
★★

Impression Brodard et Taupin à La Flèche (Sarthe)
le 12 mai 1986
6058-5 Dépôt légal mai 1986. ISBN 2 - 277 - 22005 - 1
Imprimé en France
Editions J'ai lu
27, rue Cassette, 75006 Paris
diffusion France et étranger : Flammarion